KB120172

나는
걷는다
붓다와
함께

※ 일러두기
본문에 등장하는 인명, 지명은 현지에서 쓰이는 발음대로 표기했음을 밝힙니다.

나는 걷는다 붓다와 함께

지리산에서 히말라야까지, 청전 스님의 만행

• 청전 스님 지음 •

붓다를 닮은 사람들과의 동행

조상님 뼈가 묻힌 곳이라

송아지 동무들과 놀던 곳이라

그래서 그런지는 모르지요만

아아, 꿈에서는 항상 고향입니다.

언제부턴가 외워왔던 김소월의 〈고향〉이라는 시입니다.

가슴 한켠을 차지하는 가장 큰 단어는 언제나 '고향'입니다. 출가자인데도 여태 인연을 맺고 있는 고향이 세 곳이나 됩니다. 첫째는 머리를 깎고 막 수행길에 접어들었을 때 만났던 두메산골 어르신들이 사시는 곳이지요. 둘째는 태어나 철부지 어린 시절을 보낸 속가의 고향이구요. 셋째는 지금 살고 있는 인도의 다람살라입니다. 그래서 아주 부자 승려랍니다. 세 고향에서 맺은 인연들이 오늘의 나를 있게 하였고, 마지막까지 걸어갈 길을 밝혀줍니다. 수행자로서 나는 언제나 붓다를 닮은 고향의 민중들, 그 아름다운 인연들과 함께 걷는 길 위에 있을 테니까요.

그동안 인도를 다녀갔던 손님들, 특히 성직에 몸담고 있는 분들에게 나의 소중한 고향 이야기를 자랑스럽게 들려주었습니다. 깔깔대며 웃기도 했고, 눈시울이 뜨거워지는 감동을 함께 나누기도 했습니다. 이구동성으로 이렇게 아름다운, 사람 사는 이야기를 글로 써보라고 권유했습니다.

출가해서 이런 글을 써야 할까 많이 망설였습니다. 그러다 결국 내 고향에서의 행복했던 한때를 여러분과 나누기로 했습니다. 아무리 험한 세상이라고 하지만, 서로를 배려하는 따뜻한 가슴이 여전히 이 세상의 희망임을 이야기하고 싶었습니다.

요즘 사람들은 머리만 남고 가슴이 없어져간다고 합니다. 그래서야 되겠습니까. 사람은 가슴이 먼저이지요. 착하고 맑은 사람들이었으면 좋겠습니다. 사람이 희망이니까요.

붓다를 닮은 내 고향 인연들의 아름다운 마음 씨앗이 여러분 마음속에서 희망 꽃으로 발화하길 기도합니다. 그리고 늘 소박한 삶에서 기쁨이 있는, 건강한 나날이시기를 천축 땅에서 축원합니다.

2009년 12월 인도에서 스물두 번째 해를 보내며
청전 합장

목차

3부 천축의 풍찬노숙(風餐露宿)

수행이란 뭔가. 우선 사람을 위한 것이 아닌가.
똑같이 먹고 자겠다는 마음이 있는 사람들이 모여 사는 그런 공간을 꿈꾼다. 어떤 어려움이 있더라도
내 힘닿는 대로, 드러내지 않고 노인들과 함께할 수 있는 평생 쉼터, 여생터를 만들고 싶다.
그야말로 소외받는 사람들과 함께 하는 '인간의 집'을 차려보고 싶다.

1부
행각(行脚)

송로사 할머니

1984년이었다. 여름 안거를 마치고 행각(行脚)을 하던 중 강원도 어느 산골에서 한 할머니를 만났다.

지금이야 바깥출입을 할 때는 당연한 듯 자동차를 이용한다. 뭐 그때도 차를 타면 어디든 쉽게 다닐 수 있던 시절이었지만, 해제(解制) 철 행각만큼은 직접 내 발로 걸어 다닌다는 원칙을 고집스레 지켜가던 때였다.

좀 늦은 가을철이었는데 오대산 적멸보궁을 참배하고 북쪽으로 난 길을 따라 걷다 보니 운두령 아래 명개리라는 마을에서 하루를 묵게 되었다. 그곳은 화전민 촌락으로 정부에서 슬레이트 지붕을 마련해주어 그런대로 모양새를 갖춘 마을이었다.

다음날 어찌어찌하여 오대산에서 발원한 내린천을 따라 쭉 내려가다 보니 살둔골이라는 곳까지 발길이 닿았다. 아직 전기도 들어오지 않는 산간 벽지였다.

날이 저물자 행각 중에 늘 하던 대로 인연 닿은 집에 들어갔다. 그 집에서는 소를 많이 기르고 있었다. 하룻밤 묵고 가자고 말씀드렸더니 누추하지만 괜찮으시겠냐고 산중 촌로께서 말씀하셨다.

저녁 공양을 얻어먹고 잠자리에 들려는데 한 할머니가 지팡이를 짚고 들어오셨다. 개울 건너 윗집에 혼자 사시는 할머니인데 밤이면 으레 마실을 오신단다. 소를 많이 키우는 집이라 늘상 소죽을 쑤어 방이 따듯하니 밤마다 찾아오신다고.

할머니와 이런저런 이야기를 주고받았다. 할머니는 6.25 때 월남하여 이 마을에 그냥 눌러앉았단다. 함께 월남한 남편과 아들 하나와 화전을 일구며 살았는데 가족들은 진작 세상을 떠났다.

혈혈단신 혼자 남았지만 산목숨인데 어쩔 것인가. 이렇게 살아가는 사람도 있구나, 생각하며 그냥 한마디 했다.

"할머니는 영감님도 돌아가셨고 아드님도 돌아가셨는데 아마 영감님 돌아가셨을 때 더 많이 우셨겠죠?"

한참 동안 말씀이 없으시더니,

송로사 할머니(당시 84세).

"스님은 몰라요. 남편이 죽으면 땅에 묻지만 자식이 죽으면 가슴에 묻는 것을."

아차! 내가 왜 이런 말로 남의 마음을 아프게 했지. 이런 실언을 하다니. 정말 가슴이 뜨끔했다. 여든네 살이시란다. 벌써 혼자되신 지 20년이 넘었다고.

이튿날 아침 공양 후 어찌 사시나 싶어 개울 건너 위쪽에 있는 할머니 집으로 가보았다. 집이라는 게, 말이 집이지 쓰러지지 않은 게 신기했다. 그을린 냄비며 솥단지 등은 당장 갖다버려도 될 것 같았다. 하늘 가리고 눈비 피하며 안 굶고 안 얼어 죽을 정도의 행색이었다. 담배를 태운다 하시기에 근 5리 길을 걸어 마을 입구 가게에 가서 '청자'라는 담배 한 보루를 사왔다. 아마 당시 돈으로 한 갑에 백 원 하던 것으로 기억된다.

"이거는 싱거워서 못 피워요."

당신은 봉초 담배를 신문지에 말아서 피운다고 하신다. '수연'이라는 상표라 기억된다. 다시 그 가게에 가서 봉초 담배로 바꾸어왔다.

길을 나서며 무언가를 해드리고 싶은 마음 간절했지만, 막상 무엇을 어디서부터 손을 대야 할지 도통 엄두가 나지 않았다.

그래도 신분이 출가승이니만큼,

"염불이라도 하시지요. 염주를 하나 드릴 터이니."

"난 염불 못해요."

"왜요?"

"난 천주교도래요."

천주교는 내 출가 전 살림이라서 내심 반가운 마음이 들어 '언제부터 천주교 신자이고 여기서 성당은 어디로 나가시는가, 영세명은 무엇인가' 하고 여쭈었다.

성은 송 씨이고 강원도 최북단 금강산 아래 회양군이 고향이라는데, 옛날 옛적부터 당신은 천주교에 입교하여 살아오셨다고 한다. 영세명은 로사(Rosa)로 월남 이후 지금까지 성당 한 번 갈 수 없었음을 한탄조로 말씀하신다.

어쩔꼬. 어떻게 남은 삶에 희망을 드릴 수 없을까.

고심 끝에 그러면 꼭 필요한 게 무엇이냐고 여쭈었더니, 뜻밖에도 묵주나 하나 있으면 묵주 세고 기도하며 살아가시겠단다. 묵주 한 벌 챙겨 보내드리겠다고 다짐하고는 담배 사서 피우시라고 당시 돈 5천 원짜리 한 장을 손에 쥐어드렸다.

할머니께서 좋아하신다는 라면도 몇 박스 사다드렸더니,

"참 별스런 스님이 나 같은 늙은이를 사람이라고 살게 해놓고 가시네."

부디 건강하시라고 말씀드렸지만 몇 달 아니면 한두 해나 더 사실까, 생각하며 발길을 돌려 그 마을을 떠났다. 그 길로 계속 물줄기를 따라 내려가다 아마 인제군 미탄면 쪽으로 빠졌던 것 같다.

마침 조카 중 제일 큰놈이 전주 성심여고에 재학 중일 때라 조카에게 할머니 주소를 알려주고 묵주 한 벌을 잘 포장해서 보내달라고 편지를 썼다. 얼마 후 확인했더니 보냈다고 한다.

살둔골 송로사 할머니!

시절 인연인가. 그해 동안거 내내 그 할머니를 잊을 수 없었다.

동안거를 마친 이듬해 봄, 이번에는 그저 지나가는 걸음이 아니라 무언가를 좀 챙겨드려야겠다고 마음먹고 다시 그곳을 찾아갔다. 반갑게도 그 혹독한 겨울을 용케 버텨내고 살아 계셨다. 묵주를 늘 지니시고 기도하셨는지 묵주알들이 반들반들했다.

집을 고쳐드리기로 했다. 자재들을 구해서 차도가 끊긴 20여 리 산길을 지게로 져서 날랐다. 다행히 동네 분들이 도와주셔서 그다지 큰 어려움은 없었다. 먼저 지붕을 고쳤다. 썩은 너와들을 다 걷어내고 양철로 바꾸었다. 방구들과 굴뚝도 고쳐 불이 잘 들도록 하고, 벽지도 새것으로 발랐다. 주방용품 등 살림살이를 바꾸어놓자 그럭저럭 지낼 만하게 되었다.

마을 이장님께 할머니가 정부보조를 받아서 생계 걱정을 더실 수 있게 해달라고 말씀드렸다. 알고 보니 호적도 뭣도 없는 처지라 애당초 그런 생각은 하지도 않고 있었다고 한다.

그 집터가 참 좋았다. 저 멀리 아래쪽에는 물이 휘감아 흐르고 주변에는 적송(赤松)이 많았다. 종이에 '용유담(龍遊潭)'이라 써서 문

지방에 붙여두었다.

막상 걸망을 싸서 다시 길을 나서자니 서운했다.

그리고 1987년 인도 순례가 인연이 되어 이듬해 1988년부터 북인도 다람살라에서 지내게 되었다.

1991년엔가, 다람살라로 뜬금없는 편지가 날아왔다.

스님은 저를 모르실 것입니다. 1985년 스님이 살둔골에 들어오셔서 개울 건너 할머니 집을 고쳐주셨을 때 저는 원주고등학교에 다니고 있었지요. 그때는 나이도 어리고 철도 없을 때라 '스님'이 뭔지도 몰랐었지요. 저는 이제 대학을 마치고 사회에 무언가 봉사할 수 있는 일자리를 찾고 있답니다. 스님, 그때 그 할머니 기억하시죠? 그 할머니가 스님이 고쳐주신 집에서 아흔 넘게 사시다가 올해 초봄에 돌아가셨어요. 그 집 옆 양지바른 곳에 묘를 썼는데 마을 사람들이 장례를 치렀답니다. 송광사에 문의하여 스님 주소를 용케 알아내어 이렇게나마 소식을 올릴 수 있게 되었습니다. (…) 아마 저는 봉사 활동을 하기 위해서 방글라데시로 가게 될 듯합니다.

사실 인도에 온 후 송로사 할머니와 살둔골을 까마득히 잊고 있었다. 그 할머니가 줄곧 기도하고 몸에 지니고 계셨던 묵주도 묘 쓰는 데 함께 넣어드렸다는 글귀에 눈물이 주르륵 흘렀다.

'내가 너무 무정했지. 그동안 연락 한 번은커녕 아예 잊고 있었으니 그 사이에 한국에 몇 번 들어갔어도 어디 그쪽으로 발걸음이나 했던가. 아니, 그 연세까지 살아 계셨으리라고는 상상도 못했지.'

그저 향 사르며 할머니 명복을 빌며 절을 올렸다.

이제 이런 글도 쓰게 되었으니 한국에 가면 꼭 살둔골을 찾아가야겠다. 그리고 그 할머니 묘 앞에 꽃이라도 올려야겠다.

송로사 할머니. 부디 당신 나라에서 편안히 지내시기를.

일월산 아래 노부부

1983년이었다. 하안거를 마치고 가을이 익어갈 무렵, 행각 길에 경북 영양군 일월산 쪽으로 발걸음이 닿았다. 예정했던 일월산자락의 한 절에 닿기 전에 날이 저물었다. 한 마을에 이르렀다. 주변에 고추밭이 많고 새마을운동 때 대충 슬레이트로 지붕갈이를 한 허름한 집들이 많았던 곳으로 기억된다.

어느 집에서 하룻밤 인연이 될까 망설이던 차에 한 노인이 다가오셨다. 날이 저물어가니 하루 자고 갈 수 있기를 정중히 부탁드렸더니 자기 집이 누추하지만 주무시고 가시라고. 마루에 바랑을 내려놓고 집 안을 둘러보니 온통 고추가 널려 있는 마당에는 개 한 마리가 어슬렁거리고, 축사에는 돼지가 꿀꿀거리고, 닭장 속의 닭들은 모이를 쪼고 있었다. 담장 옆에 고부라진 해바라기며, 지붕 위에 노랗게 늙은 호박이며, 옹기들이 가지런히 놓여 있는 장독대며, 내 어린 시절 고향집이다.

방 안의 고추를 한켠으로 치우시더니 그곳에서 지내라고 하신다.

"잠깐 쉬시기요. 내 할마시 날래 데리러 갔다 오리다."

밖으로 나가시고 한참 후 할머니와 함께 오시는데 할아버지와 나이 차이가 좀 나는 듯했다.

"우리 집에 시님이 다 오시고!"

속으로 좀 민망했다. 나처럼 공부도 없이 이렇게 다니는 행각 길을 반갑게 맞아주시는 분이 계시다니. 곧 저녁을 지을 터이니 잠깐만 쉬시라 하시며 바삐 부엌으로 들어가신다.

밥을 짓고 계시는데 혼자 우두커니 방에 있기도 뭐하여 동네를 한 바퀴 빙 둘러보고 돌아왔다. 종일 걸었더니 시장기가 돌았다. 사방이 컴컴한데 아무리 기다려도 무소식이다. 늦어도 보통 늦은 게 아니어서 속으로 나이 드신 분들이라 밥 한 끼 짓는 데 오래도 걸리는구나, 하며 그저 기별이 오기만 기다렸다.

드디어 할아버지가 건넌방에 와서 저녁을 권한다. 밥상에는 김치 한 보시기, 풋고추조림과 간장 한 종지가 놓여 있었다. 국도 없었다.

그런데 소반 한가운데 커다란 냄비가 뚜껑이 덮인 채 놓여 있었다.

"산골이라 찬이 없지요. 그래도 고냥(공양)은 많이 드시오."

할머니가 냄비 뚜껑을 여시는데, 워메 이것이 뭣이다냐!

세상에, 그 큰 냄비에 닭 한 마리가 통째로 삶아져 있었다. 이것을 준비하시느라 이리 시간이 많이 걸렸구나. 그런데 먹어야 할지 말아야 할지 참으로 난감했다.

"우리 집에 이렇게 대사님이 오시긴 첨이라서 닭을 잡았습니다. 어서 많이 드십시오."

그날은 저녁도 늦었지만 배도 몹시 고픈 상태였고, 또 '저는 고기를 먹지 않습니다!' 라고 말하기도 그랬다.

'에라, 기왕지사 이렇게 차려주셨으니 일단 먹고나 보자!'

작심하고 먹었다. 군에서 첫 휴가 나왔을 때 어머니가 나에게만 따로 장만해주셨던 닭백숙 맛이었다. 그때는 내 나이도 갓 서른이어서 한창때가 아니었던가. 두 노인이 잡수면 얼마나 잡술 건가. 그냥 체면이고 염치고 뭐고 없이 그 닭 한 마리를 거의 다 먹어치웠다. 속으로 내일 아침에는 밥만 먹고 도망가자는 심사로.

이튿날 아침도 찬은 적어도 정갈하게 차려주셨다.

내 딴에는, '줄행랑만 치면 이 부끄러움도 가시겠지.'

이제 잘 먹고 잘 쉬다 간다는 인사만 남았다. 바랑을 챙기며 부디 건강하게 오래오래 사시기를 축원하겠다고 인사드리고 나오려고

1983년 행각 중에 일월산자락 한 마을에서 만난 노부부.

하니, 할아버지가 지팡이를 챙기시며 당신하고 우선 갈 데가 있으니 바랑은 놔두라 하신다.

"시님, 내 나이가 이제 칠십도 넘었고 언제 세상 뜰지도 모르니 우리 뒷산에 좀 갑시다."

"아니, 산에는 왜요?"

"시님, 저쪽이 우리 선산인디 저 산에 나랑 같이 가서 내 묏자리나 하나 봐주시지요."

'우악! 묏자리라니!'

일이 제대로 커졌다. 풍수의 '풍(風)' 자도 모르는 처지에 '이 자리가 좋소!' 할 수도 없는 노릇이니.

아 이제 알겠다. 어젯밤 밥상 위에 올라왔던 닭 한 마리의 내력이 바로 이것이었구나.

어떻게든 발뺌하는 수밖에 없었다.

우리가 죽고 난 뒤 이 몸뚱이는 허무한 것이요, 썩어 없어질 몸을 따로 모신다고 다음 세상이 좋아지는 것도 아님, 그리고 역대 많은 제왕의 무덤도 어디에 보전되었는가 등등, 내 깐에 있는 지식 없는 지식 총동원하여 묏자리에 연연하지 말 것을 간곡히 말씀드렸다. 한참 들으시더니,

"시님 말씀 듣고 보니 그렇네요. 그래도 나가 죽으면 어디에 묻기는 묻어야 헐 터인디……."

등골에 땀이 밴 채 간신히 노부부의 집을 빠져 나왔다.

나중에 송광사에 돌아가서 내의 두 벌, 불자들을 위한 독송집 한 권, 염주 두 벌, 5천 원짜리 두 장 등 제법 구색을 갖추어서 소포를 보냈다. 그리고 그때 잘 쉬어간 스님이라고, 내외분의 만수무강을 축원하겠다는 편지를 동봉했다.

얼추 반년이 지났을 즈음, 속리산 동안거를 마치고 송광사로 돌아가니 한 통의 편지가 와 있었다. 내용은 대충 이러했다.

스님이 뉘신지 모르겠으나 하룻밤 묵어가신 인연으로 우리 부모님께 많은 선물을 보내주셔서 너무 고맙습니다.

훗날 혹시나 또 이쪽 길로 가시는 인연에는 꼭 당신 집에 다시 들러달라는 글이었다. 그 노부부의 막내딸로 자기는 부산에 나가서 직장에 다니고 있는데 부모님을 대신하여 편지를 보낸다는 것이었다.

지금 이 세월에 그 노부부는 살아 계실까? 세월이 벌써 거의 30년이 흘렀구나. 그때 하룻밤 묵고 간 일월산 아래 그 마을 이름도 제대로 기억나지 않지만 영양군 주천면까지는 기억난다. 할아버지 존함도 기억난다. 주광석 할아버지였다.

그 마을을 나온 뒤 일월산의 한 절에서 하룻밤을 묵고 산정에 올

라갔다. 볼썽사납게 높은 철탑 안테나며 군 기지가 있었는데 군인 몇이서 총까지 들고 와서는,

"여기에 왜 올라왔느냐?"

시비조의 말투에 좋은 말이 나올 수 없었던 모양이다.

"우선은 길이 있어 왔고 수상한 사람이라면 대낮에 이런 곳에 일부러 올라왔겠느냐?"

능선을 타고 북쪽으로 쭉 가다가 이틀 후엔가 강원도 삼척 쪽에 발길이 닿았다. 그날도 어찌어찌 길이 늦어져 하루 일을 마치고 집으로 돌아가는 사람들에게 하룻밤 유숙을 부탁하였더니 한 젊은 분이 자기 집으로 같이 가자고 했다. 동네가 다 너와집이었는데, 할아버지 내외, 나를 안내한 부부, 아이들까지 제법 식구들이 많았다. 집도 제법 큰 편이었는데 저녁이 되자마자 바로 밥상이 나왔다. 할아버지, 주인 양반과 겸상을 했는데 여기서도 미역국에 닭고기가 듬뿍 들어가 있었다.

'이거 재수가 좋네. 아마 지난 한 철 내가 정진을 잘했나 보네. 가는 곳마다 닭을 잡아주니.'

그냥 합장하고, "잘 먹겠습니다!"

수저를 드는데 할머니가 얼른 내 국그릇을 치우며 며느리를 나무랐다.

"스님 앞에 고깃국을 내놓다니!"

아니 이게 뭐야. 침을 삼키며 먹으려는 찰나에 국을 치워버리셨다. 그거 내가 먹겠으니 그냥 달라고 할 수도 없고. 어쩔 수 없이 맹물에 김치와 서너 가지 반찬으로 끼니를 마쳤지만 지금도 그때를 생각하면 웃음이 나온다. 아마 내 생전에 먹으려고 했던 음식 빼앗기기는 그때가 처음이 아니었나 싶다.

그런 아늑한 산골마을은 지금 그대로 남아 있지 않을 것이다.

아, 이번 생에 다시 한 번 그곳에 가볼 수 있을까.

안상선 할아버지의 '관시염보살'

　지리산 서쪽의 한 끄트머리에 자리한 산동네 중의 산동네 이름은 '고기리' 다. 지대가 높아서 그런 마을 이름이 붙여진 것 같다. 남원군에 속한다.

　출가한 뒤로 가장 많이 오르내린 산이 지리산이었다. 천황봉과 반야봉을 얼마나 많이 올라 부쳤던가. 한번은 반야봉 토굴 묘향대에서 천왕봉을 거쳐 대원사까지 3박 4일의 일정을 단 하루 만에 걸은 적도 있었다.

　그러던 중 고기리 마을에서 하룻밤을 묵게 되었다. 행각 중에는 늘 절에서 묵었고, 절이 없으면 날 저물 때 닿은 어느 마을에서나 잠자리를 가졌고, 마을이 없으면 그냥 그 자리에서 나뭇가지를 주어다가 불 피워놓고 걸망에 기대어 잠깐씩 조는 동안 날이 새기도 했다. 이곳 히말라야에서도 가끔은 인적 없는 산중에서 밤을 새우곤 하는데 아마도 그때 버릇이 든 모양이다.

동안거가 끝난 직후라 깊은 골에는 아직도 잔설이 군데군데 남아 있었고 해가 지면 꽤 추웠다. 한 집에서 저녁을 얻어먹고는 잠자리를 마련해준 곳으로 가보니 마을회관이었다. 많은 노인들이 이미 와 계셨다. 방이 두 개였는데 각 방에 열두어 명의 할아버지, 할머니들이 따로 자리를 하고 계셨다.

나를 안내한 노인장이,

"송광사에 지신다는디 어쩌다가 우리 집에서 저녁 진지 함께 허고 왔구만이라. 뭐 저녁에는 여그가 빌 티잉께 여기서 주무시라고 모시고 왔당게."

막상 들어가 앉아만 있기 멋쩍어서 얼른 밖으로 나와 찻길 입구에 있는 가게로 가서 백화소주 대병 하나와 안주거리, 담배 두 갑을 사서 돌아갔다.

"워쩐디야. 우리가 대사님을 대접혀야 허는디. 디립다 얻어만 묵어서리."

술이 한 순배 돌고 나니 신이 나시는 모양이다. 그런데 한 노인장은 술은커녕 안주도 안 드시고 담배도 안 태우신다.

일부러 "한 잔 드시지요" 하고 권해본다.

나를 데리고 왔던 노인장이 귓속말로 일러준다.

"거 뭐시냐. 기냥 거시기 허니 그냥 내버려두씨오."

얼추 늦은 시간이 되었다.

"내일 아침진지도 드시러 오시씨오잉."

나를 데리고 왔던 노인장이 인사를 건네시곤 마지막으로 자리를 떴다.

제법 큰 동네 회관 사랑방에 혼자 누워 말 한마디 없었던 그 노인을 생각하니 무언가 사연이 있겠구나 싶어, 날이 밝으면 그 집에 들러봐야겠다고 마음먹었다.

다음날, 아침을 먹으면서 어젯밤 그 말없던 노인에 대해 물었다.

"그 영감, 뭐 살날이 두어 달밖에 안 남았다고 허던디. 뭐시냐 거 방광암이라고 허던디. 너무 늦어부렀다고 의사 선상이 그랬더라고 헙디다."

그 노인네 집으로 찾아가 보았더니 산골 집들이 대개 그렇듯이 외양간이며 닭장, 여기저기 널린 농기구며 살림살이며 정겨운 풍경이었다. 할머니도 계시고 아들, 며느리, 손자들까지 제법 식구들이 많았다. 그 할머니는 어젯밤에 마을회관에 나오지 않으신 것 같았다.

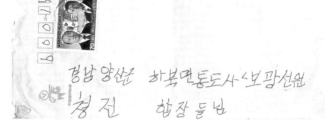

경남 양산군 하북면 통도사 <보광선원>
정전   함장 들님

Date 신임바다 보시시오 No.

편거바다보물 가십오길 볏젓임다
신얌신임영여만니해주신덕분에고
만히 게잘 볏섬니다 만하오해여 엄더
예 섬임신임나는보내주신 선물박고보니
하오하모나사 가거고신 임을 한 번꼭한
번만나 뫼기을소원성취 빌떵 감사오
축가오임시 기욜소원으을바라고십심
신임공드려주신 감사을드려 서꼭
한번더만나 보기욜소원성취 빌고빌
고시푸리다신임신임어제튼지 지끔
부찰하여 가지고통영하기백버런
번리나 빌고비고빗 기슴키다 비느니
다 신임어저턴지 몸조심 몸조심
하여가거고통영하시기만바래배
래겟심니다내가갈라지융잘모
써서보내리삽임니해쳐고잘바다
주시기바니다 양역6월초삼십

전북 남원군주천면고기리
고초무락

안 상 선 오림

신임보내주선물쌰짐업시다 잘바다
잘 바다심니 다

　나무아미 타불관시염
보실

안상신 할아버지께서 보내오신 편지와 편지 겉봉.

"어이구, 웬 아침나절부터 시님이 우리 집엘 다······."

그 집 아들을 만나서 노인장 한 번 뵙고 싶어 왔다고 하니 여물죽을 쑤는 방으로 안내했다. 산간 지방에서는 부엌이 아닌 방에서 소여물을 쑨다. 막상 그 방에 들어가 노인장과 마주했으나 어디서부터 말문을 터야 할지 난감했다.

그러던 차에 갑자기 노인이 큰소리로,

"내 다 알아요!"

"그래, 무얼 다 아십니까?"

"이제 죽을 거 다 알아요."

이전보다 목소리에 힘이 없었다.

"할아버지. 정말 할아버지는 몇 달 안에 돌아가십니다. 그런데 사람이 죽는다고 다 끝나버리는 게 아닙니다. 죽은 다음에도 이 영혼에는 길이 있지요. 그래서 제사도 지내고 하지 않나요. 우리 부처님 믿고 지극정성으로 염불을 한다면 죽을 때 겁도 안 나고 고생도 안 하고, 죽고 나면 부처님이 보낸 저승사자들이 모시러 옵니다. 제 말 듣고 염불 많이 하시면 죽어서도 부처님이 계시는 극락세계로 갑니다. (···) 할아버지는 생전에 나쁜 짓 하나도 하지 않았나요? 그런 것도 염불 많이 하면 다 용서받고 좋은 데로 가서 태어납니다. (···) 꼭 제 말씀을 듣고 염불하시면 극락세계로 가십니다."

잠자코 듣고만 계시던 그 할아버지,

"나 염불 할래요."

나무아미타불, 관세음보살을 몇 번이나 따라했다. 내가 지금 송광사로 돌아가면 염주 한 벌 꼭 보내드릴 터이니 염불 많이 하실 것을 당부했다.

송광사에 도착하자마자 내의 한 벌과 염주 한 벌 그리고 먹거리 몇 가지 등을 챙겨 고기리의 그 노인장에게 보냈다. 그리고는 하안 거를 지내러 통도사 선방으로 갔다.

결제 후 좀 지나서 송광사에서 재발송한 편지가 통도사로 왔다. 겉봉을 보니 웃음이 나왔다. 수취인이 '청전 합장' 이었다.

지난번 편지를 보낼 적에 '청전 합장' 이라고 발신인으로 적어둔 게 이름으로 둔갑하여 '청전 합장' 이 법명이 되어버린 것이다. 딱 한 장의 편지에는 연필로 또박또박 눌러 쓴 글자들이 박혀 있었다. 하도 언문투인데다 맞춤법이 틀려서 제대로 읽기가 쉽지 않았는데 뜻을 헤아려보니 꼭 다시 한 번 만나보고 싶다는 내용이었다. 마지막 줄에 부디 스님이 크게 성공하시길 빌겠다며 적은 '나무아미타불 관시염보살' 이라는 글씨는 지금도 잊을 수가 없다.

그때 그 노인장 존함은 안상선 할아버지였고 연세는 일흔여섯이었다. 편지를 받고는 답장을 바로 썼다. 지금은 하안거 중이라 어디 출입할 처지가 못 되니 두어 달 후 해제 때가 되면 그곳에 다시 꼭 가볼 것이라는 약속과 함께 염불 많이 하시기를 거듭 당부했다.

어느 날 새벽, 정진 중에 잠깐 졸았는데 그 사이에 언뜻 그 노인이 옥양목 새 옷을 차려입고 지팡이 짚고 우리 선방으로 들어오시는 게 아닌가. 얼른 정신을 차려보니 어쩌면 바로 지금 운명하신 것 같다는 예감이 들었다. 방선 후 원주실에 들러 남원군 운봉면 고기리 마을에 시외전화를 부탁해두었다. 그때만 해도 지금처럼 전국 어디라도 '뚜뚜뚜~' 하고 전화가 바로 걸리던 때가 아니라 마을 단위로 전화 한 대 정도가 있을 뿐이었다. 아침 공양을 마치자 원주 스님이 누가 시외전화를 신청했느냐고, 전화 왔다고 큰소리로 대중들에게 이르셨다. 얼른 뛰어나갔다.

"여기는 경상도 양산 통도사인데요, 마을의 안상선 할아버지 잘 계신가요?"

"아이고, 우짜 그라요. 오늘 새벽에 돌아가뿌린 양반을."

그만 전화를 내려놓고 가사장삼 차려입고 법당에 들어가 향 사르며 절을 올렸다. 참으로 노인장께서 부처님의 가피를 입어서 극락왕생하시기를 간절히 발원하는 기도를 올렸다. 그리고는 간단하게 그 노인장 이름 앞으로 편지를 썼다. 해제가 한 달 후인데 그때 다시 그곳을 들를 것이라고.

해제가 되자 통도사에서 김천, 거창, 함양을 거쳐 몇 번이고 버스를 갈아타며 운봉까지 간 뒤, 그곳에서 택시를 탔다. 팔팔고속도로가 개통되기 전이라서 꼬박 하루가 걸리는 길이었다.

안상선 할아버지. 돌아가시기 두 달 전 모습.

다행히도 해거름에 그 산골마을에 도착할 수 있었다.

집에 들어서니 손녀 둘이 나를 알아보고, 나머지 어른들은 모두 밭에 나가시고 안 계신다고 한다. 좀 큰아이가 어른들에게 기별을 하러 간 사이에 작은아이에게 물어보니, 할아버지는 돌아가시는 날까지 노래만 했다고 한다.

'이 노인장 정말 염불을 많이 하셨구나!'

잠시 후에 할머니께서 서둘러 들어오시며, 디립다 나를 붙잡고 대성통곡을 하신다.

"아이고 우리 시님! 우리 시님 덕분에 우리 영감 좋은 데 갔소. 좋은 데 갔소. 아이고, 고마우신 시님. 우리 영감 참말로 좋은 데 가부렀다요."

잠시 후에 내용을 들어보니 대충 이러했다.

송광사에서 보낸 소포에서 염주를 꺼내 드신 이후로 눈만 뜨면 '나무아미타불 관세음보살' 염불을 지극정성으로 드렸는데 단 한순간도 염주를 손에서 놓지 않으셨다고 한다. 마지막 임종 때도 염주를 손에 쥐신 채 돌아가셨는데, 그냥 그대로 장례를 치렀다고 한다.

한참이나 늦은 시간이지만 묘지에 갔다. 돌아가신 지 겨우 한 달밖에 지나지 않아서인지 봉분의 잔디가 좀 성그러웠다. 향을 사르고 반야심경, 장엄염불을 외고는 나무아미타불을 염하면서 몇 차례 묘를 돌았다.

그날 밤, 지난 이른 봄에 마을회관에서 뵈었던 분들과 새로운 분들과 함께 모였다.

"우리 시님 덕분에 참말로 안 노인 참 좋은 디 갔을 성 싶으요, 잉. 근디 우리들도 이제 다 나이가 차서 세상 버릴 날이 지금이라도 이상할 것이 없는디 우리한테도 염주 좀 안 주실라요. 나중에 농사 지어 수확 나면 후하게 값은 쳐드릴텡께요."

돈 걱정은 마시라고, 일단은 송광사에 돌아가서 모든 분들에게 꼭 염주 한 벌씩 보내드리겠다고 약속했다. 그날 밤도 마을회관에 모여 정담을 나누었는데, 내일은 모두 함께 남원 읍내로 같이 가자고 약속을 잡았다. 내 깜냥에는 해제비도 있고 하여 남원에 나가 식사나 한번 대접하자는 심사였다.

그날 밤은 안 노인네 댁에서 잤는데, 새 이불을 내주시는 둥 부산을 떨었다.

다음날, 안 노인 안댁부터 지난번 밥을 지어주셨던 내외분 등 열여덟 분이 나들이옷으로 곱게 차려입고 나오셨다. 남원 읍내에 도착해보니 장날이 아니어서인지 한산했다. 우선은 광한루를 둘러보고 관광 상품 파는 가게에 들러 마음에 드시는 지팡이를 하나씩 챙겨드린 후 신발가게에 가서 겨울철을 대비하여 털신 한 켤레씩 고르시게 하였다. 열여덟 명이 좁은 신발가게 안을 오갔으니 얼마나 부산을 떨었겠는가. 아직 철이 일러서인지 신발가게 주인은 한참이나 가게를 뒤진 끝에 털신을 꺼내왔다. 마지막 계산, 그런데 총 열아홉 켤레라고 한다.

"여보시오. 나는 신발을 안 샀고 도합 열여덟 명인데 어찌 열아홉 켤레라고 하시오."

그런데도 분명 열아홉 켤레라고 한다.

"아니, 누가 신발을 두 켤레씩 신는다고 그러시오."

그러자 한 할머니가,

"시님, 제가 두 켤레를 챙겼는디 하나는 오늘 못 온 울 메누리 가져다 줄라고 하다 본께 이렇게 두 개가 되야부렀네요."

얼마나 자기 며느리가 사랑스러웠으면 일부러 신발까지 챙겼을까. 얼른 열아홉 켤레의 신발 값을 지불했다.

그런 다음 식당으로 향했는데 제법 이름 있는 한식집으로 갔다. 쇠고기정식 백반을 시켰다. 우선 쇠고기는 그만할 때까지 계속 굽고, 소주 대신 백화 정종을 들이도록 했다. 처음에는 좀 무안했는지 서먹서먹하더니 술이 한 순배 돌자 이제 노래에 시조에 풍월까지, 잔칫집이 따로 없었다. 정말 맛있게도 드셨다. 산골 노인들께서 이런 고급 식당에 와서 떡 벌어진 한 상을 받기란 쉬운 일이 아닐 것이다.

자리를 파할 적 부디 건강하게 오래오래 사실 것을 축원하겠다며 손을 잡으니, 안 노인댁 할머니가 끝내 참고 있던 울음을 터뜨리셨다.

"우리 시님께 우짜 이 공을 다 갚을까요."

헤어짐을 서운해하시며 울먹이시는데 내 목이 다 메어왔다.

송광사에 도착하여 염주 열여덟 벌과 양말까지 챙겨 소포로 보냈다. 그해 동안거를 속리산의 한 암자 선방에서 정진했고 결제 전에 편지 한 통을 고기리에 보냈다. 그 노인 분들 중 제일 연장자이신 지산 영감님 앞으로 근황을 적고 안부를 여쭈었다.

반(半)결제나 되었을까, 등기우편이 한 통 왔다. 고기리 노인들의 편지였는데 놀랍게도 안에는 편지와 함께 쌀 한 가마를 보낸 등기 영수증이 들어 있었다. 편지 내용은 대충 이러했다.

스님에게 얻어먹기만 해서 미안했고 또 염주와 양말까지 받고 보니 당신들끼리 모여 농사도 다 짓고 하여 쌀을 얼마씩 모아서 이렇게 한 가마니 보내니 공양해 드시라는 글이었다. 그리고 나중에 꼭 들러달라는 내용도 적혀 있었다. 함께 안거 중이던 스님들에게 쌀 한 가마니의 내력을 말씀드렸더니, 그 쌀은 부처님 사시공양(巳時供養)에 올리고 꼭 축원해야 한다며 다 함께 기뻐하였다. 다음날 원주 스님께서 쌀을 찾아오신 뒤 이르시길,

"청전 스님, 운반비는 톡톡히 쳐서 주시오!"

그때는 찻길이 없었다. 보은읍에서 법주사까지, 그리고 법주사에서 인부 사서 암자까지 지게로 져서 올라온 비용이 쌀 한 가마 값보

다도 더 든 꼴이었다. 그러나 그 쌀 한 가마니는 진실한 신의와 정성이 깃든 공양미였다. 고맙다는 글과 함께 해제가 언제인데 그 뒤로 송광사에 내려갈 터이니 동네 노인 분들 모두 빠짐없이 봄이 되면 꼭 우리 절로 오시라고 신신당부의 글을 써서 보냈다.

이듬해 봄, 송광사로 내려갔다. 그러나 해제철이라도 늘 송광사에만 붙어 있는 것이 아니었는데, 하필이면 내가 없을 때에 고기리의 촌로 분들께서 들른 것이었다. 얼마나 서운했을까. 나중에 이야기를 들으니 원주 스님께서 큰 방 두 개를 내드리고 드실 차담도 많이 드렸으며 하루 잘 쉬었다가 떠나셨다고 한다. 그리고 노인네들이 나에게 가져온 것이라며, 제법 무겁고 큰 대나무 반합을 내주셨다. 열어보니 전부 노란 계란이었다. 정성도 정성이었지만 나에게 뭔가를 주고 싶어하는 그 마음에 코끝이 찡해왔다. 그 계란들은 농막 일군들에게 드렸지만, 편지에는 우리 스님들이 잘 먹었다고 써서 보냈다.

그 후로는 내가 안 갔으니 인연이 저절로 끊겼다. 세월이 흐른 지금, 지난 일들을 반추해보니 소박한 삶 속에서 그런 인정을 나누었던 곳이 어디 있었을까 싶다. 가끔 이곳 시장에서 파는 양계장의 하얀 계란 대신 산중의 토종닭이 낳은 노란 계란을 보면 그때의 인연이 떠오른다. 그 착하고 착하신 노인네들이 그립다. 물론 이제는 거의 다 이 세상 사람이 아니겠지만.

나와의 짧은 인연이 되었던 고기리 할아버지, 할머니들의 삼가 명복을 빕니다. 나무아미타불 관세음보살.

비둘기호 열차에서
만났던 가출 노인

1980년대 초, 석굴암을 참배하고 의성에 있는 고운사를 들르고자 불국사역에서 완행 비둘기호 열차를 탄 적이 있었다. 중앙선을 타고 의성까지 쉽게 갈 수 있는 그런 열차였다. 그때까지 직접 둘러보지 못한 본사가 고운사여서 일부러 불국사역에서 비둘기호 열차를 탄 것이었다. 지금은 비경제적이란 이유로 아예 없어졌다는 이야기를 들었지만 당시 완행열차 비둘기호는 서민들의 발이었다.

몇몇 역들을 지난 뒤 한 시간쯤 달렸나 싶었을 때 한 역에서 할아버지들만 잔뜩 올라타셨다. 모두 지팡이를 짚고 계신 게 연세가 들어 보였다. 어쩌면 동네 계원이나 같은 연배끼리 나들이를 나서신 모양이었다.

"어르신네들이 자녀 분들을 잘 두셔서 다 함께 어디 유람이라도 가시나 보군요."

그분들 중 좌장으로 보이던 분이,

"아 우리는 시방 어느 절로 놀러 갑니다만, 대사님은 어디를 가시오?"

"예, 저는 전라도 송광사란 절에 사는데 지금 의성 고운사로 가는 길입니다. 어르신들은 어디로 가시는지요?"

"우리는 곧 내릴 겁니다. 점심 먹고는 바로 집으로 돌아가야 하구요."

다음 역에서 내려야 한다면서 그분은 일행에게 주의를 주셨다. 1만 원짜리 두 장을 손에 쥐어드리면서 오늘 이걸로 약주 값이나 하라고 말씀드렸더니 초면에 당신들이 신세를 지면 안 된다고 몇 차례 사양하다 받으셨다.

"이보게, 여그 시님이 우리덜한테 이 돈으로 약주 값 하라고 하네. 허허허."

잠시 후 열차가 정차하자 모두 내리셨다. 그런데 열차가 다시 출발할 즈음, 옷차림이 엉성한 노인 한 분이 내 곁으로 와서 앉으신다. 앞서 내리신 분들과 일행인 줄 알았더니 그게 아니었다.

대뜸 하시는 말씀이, "늙으면 죽어야지요."

"무슨 말씀을요. 연세 드셔도 건강히 오래오래 사셔야지요."

"아니요. 늙으면 죽어야 하는가 봐요."

계속 푸념조의 말씀이시다. 알고 보니 지금 서울로 올라가시는 길이라고. 손에 쥐고 계신 차표를 보니 반쪽이 잘린 반액 요금의 표에 부산진역에서 청량리역까지 찍혀 있다. 어젯밤에 이 열차를 타신 것이다. 집에는 아들 내외, 손자까지 살고 있는데 지금은 큰 결심을 하고 서울로 가시는 길이시란다.

무슨 일로 가시냐고 여쭈었다.

"그냥 서울로 가서 얻어먹다가, 죽을 때까지……."

집에서 아들과 며느리에게 어디 나가 죽으라는 말만 늘상 듣고 살던 노인은 동네 경로당에서 사흘 동안 묵다가 서울로 무작정 상경하는 중이었다. 죽어도 당신 자식 집으로는 안 돌아가겠다고 하신다. 사정이야 정확히 알 수 없었지만 자식이 그런 행색이라니……. 주소를 물으니 무슨 구, 무슨 동까지만 알고 번지수도 모른다고 하셨다. 아들이 무슨 일을 하느냐고 물으니 고등학교 선생이란다. 선생이란 신분에 늙은 부모마저 거두지 않는 세상인가. 이 노릇을 어찌할꼬.

노인장이 내 손을 꼬옥 잡으며 말씀하신다.

"시님요, 나가 이렇게 늙었어도 밥값은 할 수 있습니다요. 나를 시님 절에 좀 데리고 가주시오!"

막무가내로 나를 따라가겠다고 하소연이다. 정말 어느 절 주지라도 살거나, 하다못해 머무는 절이라도 있었으면 모셔갈 수도 있었을 터인데. 바랑 하나 짊어지고 이 절 저 절을 옮겨 다니며 살던 운수납자(雲水衲子) 선객 시절이라 딱하기만 했다.

이런저런 이야기를 나누다 보니 벌써 의성역이다. 이런 상황에서 나 몰라라 하고 그냥 혼자 내려버릴 수도 없고 하여 같이 내렸다. 가까운 중국음식점에 들렀다. 일부러 방을 하나 달랬다. 우선 나는 절을 운영하는 주지도 아니고 또 가진 것도 없으며 철마다 이 절 저 절로 공부하러 다니는 풋중이라고, 신분과 정황을 쭉 말씀드렸다. 어느 정도 말귀를 알아들으신 모양새다. 사정이 정 그렇다면 절에서 관리하는 양로원에라도 넣어달라고 하신다.

그러나 내 처지에 어디 아는 양로원이 있을 법한 이야기인가! 지금이야 각 단체에서 운영하는 복지시설이 많지만 그때는 전국적으로 양로원이나 복지시설이 몇 군데 없었다.

소주도 한 병 가져오게 하고 탕수육도 시켜드렸다. 술을 좀 드시더니 집에는 죽는 한이 있어도 안 들어가겠다고 더욱더 우기신다.

'어쩌다 오늘 이런 분을 만나서 내 갈 길도 못 가고, 딱한 사정을 듣고 있나.'

방법이 없다. 그래도 혹시나 하고 노인 분을 먼저 방에 들어가 쉬시게 하고서는 생각 끝에 군청을 찾아갔다. 어쩌면 오갈 데 없는 무연고자나 노인들을 거둘 시설이 있지 않을까 싶어서.

군청 민원계 직원을 만났다. 우선 이러이러한 시설이 혹시 있을까 여쭈니 군 단위로 한 개씩 있다고 한다.

'옳지. 이제 되었구나.'

속으로 쾌재를 불렀다. 그리고 오늘 아침 이러저러한 연유로 부산에 사신다는 노인 한 분이 지금 이곳에 와 계시는데 모셔오겠다고 군청 직원에게 이야기했다.

그랬더니 그 직원이 하는 말,

"참 스님도 할 일 없네요. 지금 우리 군만 해도 그런 분들이 줄을 서서 기다리고 있다요. 그분은 그쪽으로 가야지요."

알고 보니 군마다 그런 시설이 있지만 들어갈 수 있는 인원이 정해져 있는데다, 갖추어야 할 별의별 서류가 많고 그것을 심사한 후에 통과가 돼야 요양시설에 들어갈 수 있다는 것이다.

코가 석자나 빠졌다.

'이 노인을 도대체 어쩔꼬!'

걱정만 더 늘어났다. 다시 집으로 돌아가시도록 설득하기로 했다. 그러나 쉽게 되돌아갈 것 같지 않아 좀 겁을 주는 게 낫겠다 싶었다. 예전에 서울 가보신 적이 있으시냐고 물으니 없으시단다.

서울 가면 눈 뜨고도 코 베어간다는 말 들어본 적 있으시냐, 서울은 부산이나 여느 도시와는 달라서 인심이 사납고 무서운 곳이요,

행각 중 강원도 양구 산골에서 만난 노인(1983년).

막상 서울로 올라간다 해도 사흘 안에 굶어죽을 것이고, 죽으면 묘도 안 쓰고 그냥 주어다가 불에 태워버리니 제삿날도 없는 귀신이 되기 쉽다, 아니 이런 늙은 몸에 어디 서울이냐, 그래도 인두겁을 썼다면 죽은 뒤에 당연히 제사상은 받아야 할 게 아니냐는 둥 겁나는 말을 주욱 늘어놓았다. 그런데도 그저 묵묵부답이다.

이제 마지막이다.

"할아버지. 집에 가셔야 합니다. 그래도 집에서 죽어야 합니다. 아무리 자식이 나가 죽으라고 했다고 해도 집보다 좋은 곳이 어디 있나요. 서울 가서 객사라도 한다면 제삿밥도 못 얻어먹고 불쌍하고 배고픈 귀신이 되어버려요. 돌아가세요. 제가 도로 부산까지 가시는 것은 도와드리지요."

간곡히 말씀드리니 아무 말씀 없이 나만 쳐다보신다.

밖으로 나와 속옷과 옷가지 몇 개를 사다 갈아입으시게 드리고, 부산으로 내려가실 것을 다짐받았다. 주머니에는 따로 돈 1만 원을 넣어드렸다. 역에 나가보니 마침 하행선 열차가 곧 들어올 시간이다. 부산 가는 표를 샀다. 마지막으로 차에 오르시기 전, 의외로 악수를 청하신다.

노인 분께 한마디 말을 덧붙였다. 어디 갔다 왔느냐고 물으면 죽으러 갔다가 다시 왔다는 이야기는 절대 하지 마시고 그냥 노인정에서 며칠 묵었다고 말씀하시도록 신신당부했다. 그때 나를 쳐다보던 노인 분의 눈빛이 지금도 눈에 선하다. 말로 다 표현하지 못하는 당신 마음이 그 눈 속에 고스란히 담겨 있었다.

열차가 움직인다. 부디 사시는 날까지는 맘 편히 지내시기를 기원하면서 무거운 발길을 돌려 역을 빠져 나왔다. 그날은 예정했던 고운사에 못 가고 근처 절에서 묵었다. 밤새 그 노인에 대한 생각으로 잠을 못 이루었다. 이 세상에, 부모를 나가 죽으라고 내쫓는 자식이 있다니.

이 글을 쓰는 지금 이 순간에도 열차에 오르기 전 나를 쳐다보시던 그 노인의 눈빛을 잊을 수 없다.

외로운 노인들과
함께 하는 양로원

가출 노인을 댁으로 돌려보내드리느라 예정했던 고운사에는 가지 못하고 어찌어찌 걷다 보니 설악산 대청봉이었다. 봉정암을 참배하고 다음날 다시 대청봉에 올랐다가 서쪽 능선, 즉 한계령 쪽으로 내려와 점봉산 뒤쪽으로 가다 보니 인제군 어느 산골마을에 이르렀다.

해가 떨어질 무렵 한 초라한 집에 들어갔는데 나이 드신 할아버지 혼자 계셨다. 찬밥 남은 것을 데워서 나눠먹으며 이런저런 이야기를 들어보니 산에서 나물이나 약초를 캐어 근근이 살아간단다. 고향은

이북 함경도이고 6.25 때 월남하여 이곳에서 화전을 일구며 살았는데 그것도 이제는 힘에 부쳐 못하고 되는 대로 살아간다고, 자기는 가족도 없고 친척도 없는 말 그대로 '삼팔따라지' 인생이란다.

이 노인도 아직 밥값은 할 수 있으니 자기를 내 절로 데려가 달라고 하신다. 앞서 만났던 가출 노인의 모습이 떠올랐다. 하룻밤 지내며 생각해보니 우리 불교계에서 운영하는 서울의 큰 양로원으로 모셔가면 어떨까 싶었다. 노인에게 양로원에라도 가겠느냐고 여쭈니 밥 세 끼 얻어먹고 잠만 잘 수 있다면 어디라도 가겠다고 하시기에 함께 서울로 향했다.

전화를 몇 번이나 하며 물어물어 그 양로원을 찾아갔다. 먼저 사무실로 갔다. 원장으로 계신 스님을 찾으니 외출 중이시란다. 사무원들에게 자초지종을 이야기하고 노인 한 분을 받아주기를 청하니, 자기들에게는 결정권이 없어서 원장 스님이 오시면 직접 말하라고 한다.

허락을 받아, 양로원 안을 둘러보며 몇몇 노인들과 이야기를 나눌 수 있었다. 할머니들이 할아버지들보다 훨씬 많았는데 수용 인원이 2백 명이나 된단다.

그러던 중 한 할아버지께 전해들은 이야기는 너무 충격적이어서 지금도 잊혀지지 않는다. 이곳에는 아무도 데려오지 말란다. 절대로. 왜냐고 물었더니 여기는 감옥이나 마찬가지란다. 뜻밖의 말이었다. TV를 보며 줄담배를 피우는 노인들의 얼굴에는 생기가 없어 보였다.

거의 저녁때가 되어서야 원장 스님이 돌아왔다. 막상 마주치니 우선 기가 죽었다. 원장 스님은 기름기 번지르르하고 펑퍼짐한 얼굴에 방금 다림질한 듯한 빳빳한 승복을 걸치고, 번쩍이는 가죽 구두를 신고 금장 외제 시계를 차고 있었다. 어쨌거나 찾아온 이유를 말씀드리니 다짜고짜 안 된단다. 짜증스럽게 설명하는 내용인즉, 일단 서울 지역 노인에 한하여 정원이 정해져 있으며 양로원에 들어오려면 먼저 해당 동에 가서 필요한 서류들을 갖추어야 한단다. 그 외에도 여러 까다로운 절차가 있다고 한다. 이런 것들이 없으면 운영비가 안 나온다고.

좌우간에 단순한 생각으로 찾아왔던 나는 그대로 나가 떨어졌다. 그냥 오갈 데 없는 노인이라면 다 받아줄 것이라고 믿고 있던 나의 순진함이라니. 그냥 나올 수밖에.

그날은 이미 늦어 여관방을 잡아야 했다. 나를 믿고 따라온 그 노인에게 무안하기 짝이 없었다. 사정 말씀을 죄다 드리니 수긍하셨다. 다음날 마장동 버스정류장에서 버스를 타고 인제 산골까지 모셔다 드렸다. 그날 밤을 같이 보냈다.

속으로 내심 부아가 치밀었다. 내가 직접 양로원을 하나 지어볼까 보다. 이왕 생각난 김에 행각을 마치고 전국의 양로원을 한 바퀴 돌아보면 어떨까?

무슨 생각이 들었던지, 당시 꽤 많은 양로원을 돌아다녔고 고아원도 몇 군데 둘러볼 수 있었다. 사정은 어디나 비슷비슷했다. 무슨 조건이 그리도 많고 까다로운지……. 전주의 한 양로원 이외에는 누구를 데려다 입방시키기 어려운 상황이었다. 전주의 원불교단체에서 운영하는, 역사가 꽤 오래된 양로원에 들어가 원장님에게 찾아온 이유를 말씀드렸다.

재가신자이던 그 원장님의 충고는 지금도 잊을 수가 없다. 우선 젊은 스님이 그런 뜻을 낸다니 참으로 반갑다며 과찬의 말씀을 하신 뒤에, 양로원을 하고 싶다면 절대로 정부와 관계를 맺지 말고 혼자 힘으로 하란다. 가끔 정부 관계기관에서 군대 내무사열 하듯 돈 몇 푼 쥐어주고, 막말로 백 원 주고 천 원 뜯어갈 구실을 찾는다는 설명이었다. 그러므로 정부에서 돈 받아 쓸 생각 말고 노인들을 내 부모 위하듯 섬기는 인간적인 양로원을 운영하라는 말씀이었다.

당시에는 진정 간판 없는 양로원, 구좌 없는 양로원을 만들어 운영하고 싶었다. 진심으로 사람을 위해 일한다면 하늘이 돕고 땅이 지켜주리라 믿었다. 작년에 인도를 찾은 한 스님에게 그 말씀을 드렸더니 실망스런 대답을 들려주었다. 우선 스님의 그런 순수한 뜻을 누가 믿고 따르겠냐고 하신다. 요즘 세상에 그런 일을 한다면 의심부터 받는다는 이야기에 어처구니가 없었다. 설사 이상(理想)대로 그런 일을 한다 해도 정부나 그 비슷한 기관에서 쉽게 하도록 허락하지 않을 것이며, 법적인 절차, 허가 등 행정적인 일부터 처리해야 할 것이라며 김이 팍 새는 말을 길게 늘어놓았다.

언제 이곳을 떠나 한국으로 돌아갈지 모른다. 어디에 살든 양로원이나 복지시설 같은 단어들을 안 쓰고 정말 오갈 데 없는, 혹은 가정에서 버림받은 노인들을 모시고 살 수 있는 곳을 만들어 여생을 함께 보내고 싶다.

수행이란 뭔가? 우선 사람을 위한 것이 아닌가. 또한 좋은 일에 어찌 어려움이 없겠는가.

똑같이 먹고 자겠다는 마음이 있는 사람들이 모여 사는 그런 공간을 꿈꾼다. 어떤 어려움이 있더라도 내 힘닿는 대로, 드러내지 않고 노인들과 함께할 수 있는 평생 쉼터, 여생터를 만들고 싶다.

지금 한국에는 많은 복지시설들이 생겼다고 들었다. 그럼에도 그런 곳까지 갈 수 없는, 그야말로 소외받은 사람들과 함께 하는 인간의 집을 차려보고 싶다.

간첩신고

1980년대까지 큰 거리나 동네 어귀 담벼락같이 눈에 띄는 곳, 극장이나 시장통같이 사람들이 많이 모이는 곳에는 한 가지 문구가 꼭 적혀 있었다. '간첩신고 ㅇ 천만 원' 이라는 글귀였다.

그날은 어찌어찌하여 걷게 된 길이 문경 쪽이었다. 날이 저물어 지나던 마을에서 하룻밤 신세를 지고자 한 집을 들렀다. 다짜고짜 나가라는 말을 하는데 언사가 좀 심했다. 다음 집에서는 말도 없이 나를 밀어내더니 대문을 꽝 닫아버린다. 속으로 '이 동네는 민심이 좀 사납네' 하면서 세 번째 집을 들어갔는데 발도 들이지 못하게 하며 나가라고 윽박지른다.

'이거 왜 이러지?'

네 번째, 다섯 번째 집에서도 험한 박대와 함께 퇴짜를 맞았다.

'뭐 이런 것을 수행 삼고자 걷는 길인데……'

그렇게 생각하면서도 속으로 부아가 치밀었다.

'에라, 이 동네에서는 안 되겠다.'

다른 동네로 가고자 마음먹고 찻길로 들어섰다. 조금 걸으니 난데없이 사이렌 소리가 들려왔다. 순찰차가 와서 서더니 순경, 예비군과 함께 방위병이 총을 들고 내렸다.

"간첩신고가 들어와서 출동했으니 죄송하지만 지서까지 같이 좀 가셔야겠습니다."

'아니, 그러면 내가 지금 간첩으로 보여 신고가 들어갔단 말인가.'

어쩔 수 없이 그 순찰차를 타고 가자는 데로 갔다. 끌려갔다는 게 바른 표현이겠다. 어찌 기분 좋을 리 있나. 밤이 완전히 깊었는데 무슨 죄를 지었다고 행각 중에 경찰서 신세까지 져야 한단 말인가.

영 떨떠름했다. 지서장인지, 당직 서는 순경인지 내 주민등록증을 건네받고는 여기저기 연락을 취하더니 힐끗 웃는다.

"스님, 그런 학교까지 다니셨는데 어쩌다 스님이 되셨습니까?"

"왜요?"

"스님이 신학대학을 다니셨더군요."

그런 게 전부 기록으로 나오나 보다.

"예, 그랬지요. 그게 뭐 잘못된 것이라도 있나요? 내가 서양중 되려다가 동양중 된 것이."

이런저런 이야기를 하다 보니 간첩으로 신고당한 연유를 알게 되었다.

"스님, 그런 종교집단 마을에 들어가셨으니 이런 신고가 오죠. 우리도 신고가 들어오면 일단 출동해야 하고, 이런 조사도 꼭 해야 하는지라……. 죄송하게 되었습니다."

하긴 자기네식 교리대로라면 마귀가 문 앞에 온 셈이었을 테니, 그래서 집집마다 문전박대에다 사람 취급도 안 했구나. 그렇다고 간첩으로 신고까지 하다니. 참 종교가 잘못되면 사람의 심성까지도 나쁘게 만드는구나.

일단 상황은 알게 되었으니 간첩 혐의는 자연스럽게 풀렸다. 그분에게 근처에 절이 있으면 안내해 달라고 부탁했다. 마침 자기가 잘 아는 주지 스님 계신 절이 있으니 걱정 말라고 한다. 그리고 나를 태우고 왔던 순찰차로 그 절 입구까지 데려다 준다.

이래저래 꼴사나운 일을 당한 후 우리 절집에 들어서니 피곤함과 시장기가 밀려온다. 법당 마당을 가로질러 불이 켜진 방 앞에서 격식대로 인사를 여쭌다.

"객승 문안드립니다."

1979년 행각 중 지리산 심원계곡에서.

방문이 열리고, 방안에 계시던 보살님이 고개를 내미시더니 내 얼굴을 보자마자 문을 쾅 닫는다.

　　"안 돼요!"

　　"아니, 스님이 절에 왔는데 안 된다니요?"

　　"우리 절에서는 스님이 잘 수 없어요."

　　허참! 토정비결이 잘못 빠져도 한참 잘못 빠진 날인가 보다. 집집마다 퇴짜를 맞더니 절집에 와서도 이 지경이니……. 부아가 치밀었다.

　　"아무리 세상이 막 되어간다고 해도 절에 온 스님을 쫓아내다니! 이게 말이 된단 말이오!"

　　그래도 대꾸가 없다.

　　일부러 큰 소리로,

　　"그렇다면 할 수 없지. 법당에서 부처님과 함께 자는 수밖에."

　　대웅전 문을 열어 재꼈다. 가사를 꺼내 입고 삼배를 올린 후 불상 앞에 가부좌를 틀고 앉았다.

　　'오늘은 일이 꼬여도 단단히 꼬인 날이구나. 아니다. 내가 행각 중에 이런 일로 화를 내어서는 안 되지.'

　　속으로 별의별 생각을 하고 있었으니 참선 아닌 오기로 앉아 버티기 한 판을 하고 있는 꼴이었다.

　　얼마나 지났을까. 화도 좀 가라앉고 배도 고프고 하던 차에 그 보

살이 기 죽은 목소리로,

"시님, 그래도 공양이나 우선 하시지요."

차려주는 밥상을 앞에 두고 그분의 푸념 섞인 이야기를 듣고 있자니 기가 찰 노릇이었다. 우선 내가 와서는 안 될 절에 온 꼴이었다. 우리 조계종단이 아닌 다른 종단에 속한 절에 찾아온 것부터 잘못이었다. 이야기를 들으니 이 절 주지 스님은 처자가 있어 절집에 일이 없을 때는 본가에 내려가 기거하며 지역 유지들과 어울린다고. 만약 지나가는 행각승이라도 재워주었다가는 자신이 쫓겨날 판이라는 것이다. 그러면서 부디 공양은 마저 드시고 다른 곳으로 가서 묵으시라고 애원을 한다.

시장기도 가셨고, 사연을 들으니 화도 풀렸다. 오늘 밤은 사정을 잘 몰라서 찾아온 것이니 양해해 달라며 바랑을 짊어지고 절문을 나왔다.

난생 처음 이런 흉한 일들을 겪고 보니 어디 갈 엄두고 뭐고 나지 않아 그냥 여인숙으로 갔다. 행각 중에는 어디가 되었든지 돈 내고 자는 곳을 피한다는 원칙을 세워두고 있었는데 그날 밤은 여인숙에서 돈 내고 잠을 자게 된 것이다. 지금도 생각난다. 돈 1천 원을 냈다. 그 쓸쓸했던 여인숙에서의 하룻밤은 지금도 잊을 수가 없다.

백다섯 살 드신
극(極) 노인과의 겸상

행각 중에 한번은 월악산 정상까지 오른 적이 있었다. 늦가을로 기억된다. 성격에 문제가 있는지, 어디를 가든 이미 갔던 길, 즉 되돌아 나오는 길을 싫어한다. 지금은 어떤지 잘 모르겠는데 당시 월악산 정상의 등산로는 올라갔던 길을 따라 다시 내려오는 길 하나밖에 없었다. 그런데도 같은 길로 내려오는 게 싫어서 그냥 길을 만들며 반대쪽으로 쭉 내려왔다. 새 길을 만들며 헤쳐나가는 일이 쉽지 않았다. 그래도 어찌어찌 내려 부치니, 물길도 보이고 저 멀리 인가도 보였다. 이제 살았다 싶어 절을 물어 찾아갔다.

지금 그 절 이름은 기억에 없는데, 절 입구에 들어서니 한 노인이 큰 나뭇단을 지고 저쪽에서 들어오고 있었다. 절집 식구인 듯했다. 주지 스님은 서울 간다고 산문을 나선 지 한 달이 넘었다고 한다. 절집에는 그 노인과 거사님 내외, 그리고 다 큰 아이만 있었다.

　저녁이 나오자 그 노인과 겸상을 차려준다. 수저를 들면서 연세가 어찌되느냐고 인사 겸 물으니, 치아가 없어서 노인 입에서 새는 듯 나오는 단어가 '일흔다섯'으로 들렸다. 머리와 수염이 티 하나 없이 새하얀 게 보기에 좋았다.

　"일흔다섯이시라고요?"

　그랬더니 큰 목소리로, "백하고 다섯이요."

　"예, 백다섯이시라구요!"

　"그렇소이다."

　그 연세에 나뭇단을 지고 다니신다니! 내 생애 이렇게 나이 드신 분과 이마를 맞대고 식사를 하다니, 큰 복이요 영광이다. 흐뭇했다. 오늘 고생고생 하면서 잡목 속을 헤치고 내려온 게 이 노인장을 보려고 그랬구나. 속으로 반갑고 고맙다.

　지금까지 살아오시면서 감기 한 번 걸리신 적도, 앓아누워보신 적도 없단다. 당연히 무슨 약 한 번 드셔보신 적도 없다고. 치아도 그럭저럭 남아 있어 딱딱한 음식도 드실 수 있다고 한다. 건강 하나만은 타고났으니 참으로 복도 많으신 노인장이라고 할 수밖에.

화순 운주사에서 백한 살 드신 노비구니 스님과 함께(1986년).

거사님은 주지 스님이 거의 절에 붙어 있지 않기에 자기들도 살아가기 힘들다며, 자식과 할아버지만 안 계셨어도 객지에 나가 돈벌이를 하면서 살았을 거라고 하신다.

한 달 전에는 어느 아주머니가 자신이 농사지은 쌀 몇 되를 가지고 불공을 올려달라고 찾아왔지만 주지 스님이 안 계셔서 불공도 못 올리고 울면서 돌아갔다는 이야기를 들려준다. 안타까울 뿐이다.

다음날 길을 나서기 전에 노인장께서 더욱 건강하고 오래 사시기를 축원드리며 바랑 속에 있던 양말과 보시 봉투 등을 건네드렸다.

그 뒤 화순 운주사에서 하룻밤을 묵을 때 백한 살 드신 노비구니를 뵌 적이 있었다. 어디 사람이 백 살 넘게 산다는 게 흔한 일인가.

달라이 라마 존자님께서는 연례적으로 여름 우기 한 철을 라닥에서 지내시면서 법문도 하시고, 오지 곳곳을 방문하여 주민들과 함께 하는 시간도 가지신다. 나도 해마다 라닥을 찾아 한 달 넘게 보내는데 2007년 여름 초클람싸르 곰빠(티베트 불교사원)에서 법문이 있을 때였다. 첫날이라 법문에 앞서 각 골짜기에서 찾아오신 현지인들이 존자님에게 자기 지역의 특산품을 준비해 올렸다. 그런데 달라이 라마 존자님 자신이 직접 어느 노부부에게 선물을 내려주시는 것이었다. 그때 일을 지금도 잊을 수 없다. 파키스탄 국경 다하누 지방에 사시는 분들이었는데 할아버지는 백세 살이고 할머니는 백

다섯 살이라고 한다. 얼마나 영광된 생의 축복인가. 부부가 함께 백 살 넘게 살다니! 서양에서는 결혼 50주년이 되면 금경축(Golden Jubilee)이라고 해서 국가 차원에서 잔치를 해준다고 들었다.

행사 중에 존자님은 라닥에서 태어나신 리종 린뽀체(당시 80세)를 가리키며 사람들에게 말씀하셨다.

"이 라마(승려)는 100세 넘게 살 것이며 이것은 라닥인 당신들의 행운이고 복입니다."

학식과 덕망이 높은 리종 린뽀체는 티베트 전통의 간덴 법좌 자리를 2009년 말부터 맡게 되었다. 쫑카빠 큰스님이 입적하신 후 102대째 법좌를 지키게 된 것이다. 그전까지 티베트 본토 스님들만 간덴 법좌에 앉았는데, 라닥 스님이 그 법좌에 앉은 것은 티베트 역사에서 처음 있는 일이었다. 하긴 리종 린뽀체의 아버지는 백다섯 살인 2005년 9월 27일, 이곳 마날리에서 입적하셨다고 하니, 리종 린뽀체가 얼마나 오랫동안 이 세상에 머무르실지 두고 볼 일이다.

오래 살면서 남에게 폐 끼치지 않고 자기 일을 다 한다면 그것도 괜찮은 삶이리라. 그 자체가 기쁨이요 복이 아니겠는가. 옛날부터 인생 최고의 행복 중 하나를 장수(長壽)로 꼽았으니까.

첫 선방, 지리산 백장암

1979년이었다. 송광사 방장이시던 구산 큰스님의 심부름으로, 당신의 서신을 지니고 문경 김용사 위의 토굴 암자인 금선대를 찾아간 적이 있었다. 겨울 안거가 끝난 직후이니 아마 2월이나 3월초쯤이었을 거라 생각된다. 그때는 갓 수계를 받은 뒤라 어디 나다닐 처지가 못 되었는데 큰스님의 체부(遞夫)로 길을 나서게 된 것이다.

서신의 수신자는 초삼 스님. 당시 효봉 어른 큰스님이 계시던 통영 미래사에서 출가한 이후 끊임없는 정진으로 소문이 나 있던 스님이었다. 효봉 어른 스님께서 처음 보시자마자 근기가 특별히 빼어나다 하여, 삼계(三界)를 뛰어넘으라(超)는 뜻에서 '초삼(超三)'이라는 특이한 법명을 지어주셨다고 한다.

그 서신 내용이야 알 수 없었지만, 서신을 전해드리고 오라는 심부름에 신이 났다. 잔뜩 긴장하고 올라가던 금선대, 눈은 허벅지까지 쌓여 있었고 가끔 청설모란 놈이 예쁜 모습으로 나타나고는 하였다. 천지에 쌓인 눈 속 금선대의 토굴, 마침 스님께서 장작을 부엌에 들이고 계셨다. 허리를 깊게 숙여 합장하며 금선대까지 올라온 용건을 말씀드렸다. 그러냐고 하시더니, 방안으로 들어가자고 하신다. 삼배를 올리려는데 첫 일배를 올릴 때 맞절을 받으시더니 삼배는 그만두고 그냥 앉으라고 하신다.

방안의 특이한 기운이랄까, 맑게 사시는 스님의 모습이 그대로 드러났다. 산뜻하고 정갈한 풍취, 바닥에 좌복 한 개와 죽비, 불단 위에 향로와 촛대 하나만 달랑 놓여 있을 뿐이었다. 벽에는 가사장삼과 작은 거울 외에 아무것도 걸려 있지 않았다. 그런데 그 거울이 뒤집어져 있었다. 하긴 보름에 한 번 삭발할 때를 제외하곤 볼 일도 없었을 테니 뒤집어져 있어도 놀랄 일은 아니었다. 지금까지도 뒤집힌 채 걸려 있던 거울과 그 방안의 풍취가 잊혀지지 않는다.

그날은 황송하게도 당신이 직접 지어주시는 공양 한 끼를 얻어먹고 하룻밤을 같이 지낼 수 있었다. 이튿날은 아침 끼니로 맑은 죽을 끓여주신다. 출발하려고 하니 방장 스님에게 전하라며 편지 한 장을 적어주셨다. 내심 훗날 이런 훌륭하신 스님을 모시고 살았으면, 싶었다. 인사를 드리며 후에 스님 곁에서 시봉도 하고 정진도 하고 싶다 하니 웃으시며 말씀하셨다.

"인연이 있으면 그리 되겠지요."

출가 이후 행자 시절부터 줄곧 은사 스님의 공양과 탕약 시봉을 2년 넘게 해오고 있던 그해, 가을이 되었다. 이제는 선방에 가서 정진해야겠다고 우겨 어렵사리 허락을 받고 은사 스님의 공양과 탕약 시봉을 다른 스님에게 인계했다. 인사를 하고 나오려는데 마지막으로 은사 스님께서 이르셨다.

"너는 생각이 많고 책 구다보는(쳐다보는) 습관 때문에 선방에 가도 화두 들고 공부하기 어려울 거다. 선방에 가서만큼은 책은 죄다 덮어버리고 정진해보거라."

도통 못미더워하시는 기색이셨다.

그때 송광사에 있으면서 들려오는 풍문에, 백장암에 훌륭한 고참 선객들이 모여 정진한다고 해서 그곳으로 발길을 향했다. 막상 백장암에 도착해보니, 이미 대중 스님들이 다 짜여 있어서 자리가 없으니 결제 전에 다른 선방으로 가라고 한다. 그런데 금선대 토굴의 초삼 스님께서 그 자리에 계신 게 아닌가! 내가 살 곳은 바로 여기구나 싶어 막무가내로 입방을 청했다. 고집을 부린 끝에 마침내 입방

1981년 내소사에서 월인 노스님(왼쪽에서 두 번째)을 모시고
현재 범어사 선원장이신 인각 스님(맨 왼쪽)과 함께. 맨 오른쪽이 저자다.

을 허락받았다. 모여든 대중 스님들을 둘러보니, 뭐로 보나 내가 제일 졸병이었다.

첫 선방의 중요성은 진즉부터 늘 들어왔다. 첫 안거를 실답게 살아야 다음 안거부터 쉽게 정진할 수 있다는 것이다. 입방을 허락해주신 최고 어른 월인(月印) 노스님에게 감사드리며 서툰 선방의 첫 철 살림을 시작했다. 제일 신참이었던 내 소임은 다각(茶角)이었다.

그런데 그 암자는 엄청 가난했다. 아침 죽, 점심 한 끼가 하루 공양의 전부였다. 오후불식(午後不食)의 엄격한 계율 속에서 하루 일과가 진행되었다. 다각의 소임이라는 게 점심 이후 차 한 번 끓이는 일이 전부라 번거로움이 없었다.

새벽 한 시에 일어나서 밤 아홉 시까지 쭉 앉아서 견뎌야 하는 정진은 강행군의 연속이었다. 한 시부터 네 시간을 정진하고, 여섯 시에 죽으로 아침 공양을 대충 때우고, 다시 일곱 시에 입선해서 열한 시까지 쭉 좌선, 점심 공양과 수담을 나누고 오후 한 시부터 네 시까지 정진한 뒤, 다시 청소, 휴식 등을 하고 난 뒤 여섯 시부터 아홉 시까지 주구장창 앉아 있어야 하는 하루 일과는 참으로 고되고 힘들었다.

매일 열네 시간을 앉아 있다는 것은 완벽한 고통이었다. 좌선 시간이 긴 것도 힘들었지만 점심 이후 아무것도 먹지 않는 오후불식은 한창 나이에 보통 힘든 게 아니었다. 화두 들고 공부하는 일보다 어떻게 하루를 버티느냐가 더 중요한 문제였다. 어찌 졸지 않겠는가! 새벽에 어쩌다 졸고 앉아 있으면 곧바로 월인 노스님의 불호령이 떨어졌다.

"이제 발심하여 첫 선방에 나온 수좌가 졸다니!"

70이 넘으신 월인 노스님, 입승으로 죽비 잡으신 초삼 스님, 지리산 반야봉 묘향대 토굴에서만 7년간 정진해오셨다는 종안 스님, 한번 앉았다 하면 꿈쩍도 하지 않아 절구통 수좌라고 불리던 일오 스님, 어렸을 때 출가하신 원효 스님과 성본 스님, 교사로 계시다가 출가하셨다는 용타 스님까지, 쟁쟁한 고참 스님들 틈에서 숨쉬기도 힘들 만큼 어려운 강행군이었다. 그래도 이듬해 해제까지는 어찌어찌 버텨냈다.

'휴~! 이제 살았네.'

점심 공양 후 차를 드실 적 여러 덕담들을 듣기도 하였는데, 월인 노스님의 몇몇 말씀들은 얼추 30여 년이 지났어도 잊혀지지 않는다. 함께 정진하던 일오 스님은 바로 월인 노스님의 상좌 스님인데, 예전에 월남 파병부대인 맹호부대에 있을 적 휴가 나온 이야기를 들려주셨다. 당시 자기 상좌가 월남에 가게 되었다는 이야기를 들은 노스님은 깜짝 놀라시며,

"뭐라고! 월남에 가게 되었다고. 그러면 싸움하는 전쟁, 아니 살생하러 가는 것 아니냐! 이거 큰일 났다. 출가해서 사람을 죽이는

수행길의 큰 스승이 되어주신 월인 스님.
저자가 1996년 마지막으로 월명암을 찾았을 때 촬영한 것이다.

전쟁터에 나가다니, 이걸 어쩔꼬!"

그러면서 하시는 말씀,

"월남 가서 싸움할 때 꼭 사람 없는 곳에만 잘 보고 총을 쏘아라!"

그 말씀에 그렇게 웃음이 나왔다. 덕담 중에 노스님이 출가 전 고향을 떠나 일제 때 만주벌판과 중국 천지를 돌아다니시던 이야기며, 수월 큰스님을 뵙고 발심하여 출가하게 된 동기 등, 책이나 영화에서 보고 상상이나 할 법한, 그야말로 그 옛날 전설 따라 삼천리 몇 편은 족히 되고 남을 이야기를 많이도 들었다. 또 초삼 스님이 출가 전 구한말 때 일본에 건너가셨던 이야기 등은 지금 생각해도 꿈만 같다.

어쨌든 당시 두 분은 그 연세에도 정진하시고, 잡수시는 게 대중 스님과 똑같아 모두에게 귀감이 되셨다.

이후 다른 선방에서 지내다 해제철이 되면 월인 노스님을 꼭 찾아뵈었는데 부안 월명암, 오대산 동암, 삼척의 어느 토굴 등 노스님께서 머무시던 곳들이 생각난다. 그 뒤 인도로 오게 된 인연이라서 소원하다가 1996년 월명암으로 찾아뵈었던 게 마지막이 되었다. 94세의 연세로 입적하신 이야기를 여기 인도에서 들었다.

초삼 스님도 계속 인연이 되다가 마지막으로 각화사의 당신 토굴에서 뵈었다. 좋아하시던 찹쌀떡과 홍시, 찹쌀과 잡곡 등을 챙겨 올렸다. 근 아흔 줄에 지리산의 한 토굴에서 입적하셨다는 이야기를 역시 인도에서 전해들었다.

월인 스님과 초삼 스님은 내 수행길의 큰 스승님들일 뿐만 아니라, 한국 불교 수행자의 모범이시다. 늘 정진으로 일관하신 당신들의 삶은 드러나지 않은 숨은 수행자의 전범이셨다.

나도 죽을 때까지 이 두 스님들처럼 청빈한 삶 속에서 한없는 청정과 끝없는 정진으로 일관할 수 있을까. 세월이 흐를수록 두 분의 모습이 더더욱 그립다.

인도로 나온 게 1987년도이니, 결국 나의 선방 정진은 1986년 동안거가 마지막이었다. 의정부 망월사 선원이었는데 그때 무여 스님이 선원장으로 계셨고 입승으로는 혜국 스님이 죽비를 잡으셨던 게 기억난다. 다시 한국에 돌아가 선방 수좌로 산다면 다른 대중 스님들과 함께 좌선 정진할 수 있을까. 가끔씩 한국에서의 짧았던 선방 생활이 그립고 그리울 뿐이다.

풋중 시절

한국의 승가도 시대의 변화와 더불어 많이 달라졌다. 좋은 전통들이 사라져가는 것을 보고들을 때면 안타까운 생각도 든다. 우리 절집의 전통 가운데 결제가 끝나는 해제 철에 메임 없이 다니는 행각 수행이 있다. 결제 때는 어디 나다니지 않고 집중수행을 하고, 해제 때는 나름대로 고행을 해가면서 자신의 실질적인 문제와 정면으로 부딪쳐보는 시간을 가지는 것이다. 이것은 선방 정진 후 해제 철에 누릴 수 있는 아름다운 전통이다. 그런데 요즘은 많이 변해서 걸망 메고 절에 들어가는 것을 꺼린다고 한다.

나는 해제 철에 좀 거칠게 걸어 다닌 쪽이었다. 그래서 행각하는 동안 웬만한 큰 산들은 모두 정상까지 올라가봤는데, 언제나 발길 닿는 대로 걷고 또 걸었다. 큰 산에는 꼭 큰 절이 있었고, 절은 바로 내 집이었다.

백장암에서의 군기 잡힌 안거를 마친 후, 아직 중노릇도 서툴고 익혀야 할 것도 많고 공부해야 할 것도 많을 때였다. 어디를 가든 정갈한 음식 챙겨먹고 행여나 내 행동에 출가수도자로서 흠될 만한 점이 있을까봐 조심하고 조신하던, 조금은 파란 의식이 몸에 배어 있던 시절이었다.

볼 일이 있어 강원도 소금강에 갔다가 강릉을 거쳐 포항까지, 거기서 무정차 버스로 부산까지 내려갔다. 날이 늦어서 야간버스를 타게 되었다. 승객들이 대부분 고개를 꾸벅이며 졸았는데 내 자리는 중간 창가 쪽이었고 옆자리에는 젊은 아가씨가 앉아 있었다. 처음에는 자기 자리에서 그냥 졸고 있더니 시간이 지날수록 내 쪽으로 고개를 기대온다. 두어 번 밀어냈다. 그래도 다시 기대고, 밀어내면 또 기대오고, 이건 아예 막무가내다. 저쪽으로 밀어붙이면 이내 머리를 내 몸에 기대버린다. 한두 번도 아니고 계속 그러기에 한소리 했다.

"이보시오! 스님한테 이렇게 몸을 기대고 자면 어떡해요. 저쪽으로 해서 자시오!"

그러고는 거칠게 밀쳐버렸다. 그랬더니 숨소리가 들릴 정도로 내 귀에 바짝 입을 갖다 대고 속삭인다.

"스님, 외롭지 않으세요."

'아니 이 여자가!'

놀라 뒤로 자빠질 일이었다. 여자 손목 한 번 잡아보지 않았던 내 정서에, 그 여자의 말은 소름이 끼치도록 무서운, 아니 지옥에서 나를 불러들이는 말이었다. 황망한 마음에 큰소리로,

"스톱!"

그리고는 일어섰다. 운전수는 무슨 큰 일이 일어난 것으로 알았는지 갓길에 버스를 대면서 물었다.

"왜 그러세요?"

내게는 정말 큰 사건이었기에 울음 섞인 목소리가 절로 나왔다. 무조건,

"나 내려야 해요!"

운전수가 차를 멈추자마자 선반 위의 걸망을 챙겨 허겁지겁 내렸다. 버스가 지나가고 나서 정신을 차려보니 어딘지 모를 그곳은 인가 하나 없는 허허벌판이다.

그래도 '이제 살았다' 싶은 게 안도감이 밀려왔다.

세상에, 중한테 파고드는 여자를 떼어낸 것이다. 맘이 놓였다.

그때를 생각하면 지금도 웃음이 절로 나온다. 지금처럼 중노릇의 여유나 속살림이랄까, 수행력이 있었다면 좋은 말로 타일렀을 텐데, 스님 체통을 지키며 바른 불법에 대해 이야기라도 했을 텐데. 그때는 머리 파란 풋중이었기에 그런 촌극을 벌인 것이다. 그날 밤은 어찌어찌해서 부산에 도착하여 해운정사에 짐을 풀 수 있었다. 먼 훗날 이런 일이 있었다고 더러 이야기를 하면 하나같이 이렇게 답한다.

"아이고 이 풋중아, 호박이 넝쿨째 굴러들어온 것을 차버리다니, 아깝다 아까워. 니한테는 금생에 그런 기회 다시는 오지 않을 거다."

그러고 보니 또 하나, 그 시절의 에피소드가 떠오른다. 지리산 벽소령 고개를 넘다가 생긴 일이었다. 진한 더덕 냄새가 나기에 다가가서 보니 더덕 줄기가 눈에 띄었다. 줄기를 따라 땅을 파내려가니 머리끄덩이가 보이는데 큰 무보다는 작았지만 예사 크기의 더덕이 아니었다. 어지간히 흙을 파다가 쭉 뽑았더니 꼭지가 쏙 빠져버린다. 안에는 물이 고여 있었다.

'어찌 썩은 더덕 넝쿨이 다 살아 있지.'

이상하다 생각하며 근처에 있던 보통 크기의 더덕만 여남은 뿌리를 캐고 내려왔다. 하루는 선방에서 산삼 이야기가 나왔다. 마침 그 물이 들었던 썩은 더덕 이야기를 했더니,

"에라 이 풋중아, 그 더덕 썩은 물을 마셨다면 천하장사 항우가

되었을 텐데."

　고참 스님이 알밤까지 때리셨다. 알고 보니 산삼보다 더 약효가
좋은 게 더덕 썩은 물이란다. 이것도 풋중 시절 이야기다.

월인 스님, 초삼 스님이 내 수행길의 사표(師表)였듯이,
재가자로서는 그 먼 친척 할머니가 내 인생 최고로 맑고 맑은 삶을 사신 불자로 기억에 남는다.
나 자신을 보자. 겨우 스님 흉내만 낼 뿐, 어디 두 큰스님처럼 세속을 초월한 참수행자요 구도자인가.
아니면 그 친척 할머니처럼 정갈한 삶, 지극한 신심을 가졌는가. 아니다.
어림도 없다. 조석으로 예불 올리며 오체투지나 겨우 해낸다.
지금도 친척 할머니를 생각하면 내 보잘 것 없는 수행에 절로 조신(操身)하게 된다.

2부

항상
고향입니다

눈도 안 뜬 강아지

하루에 한 번은 지팡이 하나 들고 반 시간에서 한 시간 정도
포행을 한다. 주로 집 위쪽의 전나무숲속을 많이 걷는다. 되돌아올
때는 같은 길 대신에 좀더 아래쪽 길을 택해 인도인 마을의 골목길
을 거쳐 돌아오는 편이다. 그러다 보니 그 동네 개들과 서로 알고 지
내는 사이가 되었다. 가끔은 먹다 남은 빵이나 비스킷 부스러기를
챙겨다 준다. 그럴 때마다 두어 마리가 항상 꼬리를 흔들며 반갑게
맞는다.

그중의 한 놈이 배가 불러오더니 어느 날 새끼를 낳았다. 덩치가

큰 놈도 아니라서 배가 부른 것도 거의 눈치 채지 못하고 있었는데 새끼를 낳은 것이다. 다섯 마리다. 눈도 안 뜬 강아지 다섯 마리를 한 마리씩 안아본다. 이렇게 귀엽고 예쁜 새끼를 낳은 어미 개가 마냥 어여쁠 따름이다.

보름이나 되었을까. 그날도 어미 개에게 주려고 먹을 것을 챙겨 포행을 나갔다. 평소 내 발자국 소리와 지팡이 소리만 들어도 뛰어오던 개가 그날은 조용하다. 강아지들 행색을 보니 더러운 모양새가 어미 개의 손길이 한동안 닿지 않은 듯했다. 주인아주머니에게 어미 개가 어디 갔느냐고 물었더니 며칠 전 산에서 내려온 표범이 물고 갔는지 돌아오지 않는단다. 이곳은 가끔 표범이 내려와 개나 양을 물어가기도 한다. 한국에서는 표범을 '개호자'라고 부르는데 아마도 개들을 물어가기 때문이리라.

주인아주머니는 소젖을 유아용 우유병에 넣어 먹여가며 키운다고 애썼지만, 나중에 가보니 한 마리만 남고 다 죽어버렸다. 어찌나 마음이 아프던지. 그 한 마리가 어쩌다 내가 가면 꼬리를 치며 반긴다.

강아지를 보고 있자니 초등학교 5학년 때 고향 집 풍경이 고스란히 떠오른다. 집에는 늘 소가 있었다. 부모님은 소뿐 아니라 돼지며 개, 닭, 오리, 거위까지 골고루 키우셨다.

어느 날 우리 집 개가 새끼를 여덟 마리나 낳았다. 어미 개는 덩치가 큰 누런 개였다. 아버지가 마루 밑에 지푸라기를 깔아서 보금자리를 만들어주었다. 학교에 갔다 오자마자 강아지들 구경을 하다가 아예 방까지 안고 들어가면 어미 개가 어쩔 줄 몰라 하던 게 지금도 기억난다.

그 개가 새끼를 낳은 지 채 보름도 지나지 않았을 때였을 것이다. 아직 눈도 뜨지 않은 강아지들을 남겨두고 그런 일이 벌어졌으니까. 어느 날 어미 개가 비틀거리며 집 안으로 들어왔다. 눈이 뒤집힌 채 게거품을 물고 힘들어 하다가 끝내 죽어버렸다. 동네에서 누가 쥐약을 놓았는데 그것을 먹었던 모양이다.

그 모습을 보고 슬픔과 노여움에 어쩔 줄 몰라 하는 어머니의 목소리엔 울음 반, 분노 반이 섞여 있었다.

"어떤 천벌 받을 놈이……. 쥐약을 놓으려면 짐승 안 보이는 곳에다 놓을 것이지, 이렇게 새끼 달린 우리 개가 먹고 죽도록 놓았냐!"

어쨌든 강아지 여덟 마리를 남겨둔 채 그 어미 개가 죽었는데 그나마 자기 집으로 돌아와 제 새끼들을 마지막으로 보고 죽은 게 대단하게 여겨졌다.

우유라는 게 없었던 그 시절, 눈도 안 뜬 강아지들을 기르는 것은 어머니에게 큰일이었다. 가을철로 기억되는데 어머니는 물에 불린 쌀을 학독에 넣어 빻은 다음 솥에 붓고 약한 불 위에서 천천히 끓였다. 시골에서는 '맘죽' 이라고 불렀다. 임산부의 젖이 부족할 때도 맘죽을 쒀서 아기에게 먹이곤 했다.

강아지들을 한 마리씩 붙잡고 맘죽을 먹이는 일이 재미있었다. 어쩌다 손가락이 입 안에 들어가면 어찌나 세게 빨아대던지, 그 기억이 생생하다.

매일 쌀을 갈아 맘죽을 쒀서 먹인 어머니의 정성 덕분인지, 결국한 마리도 죽지 않고 여덟 마리 모두 실하게 자랐다. 토실토실한 강아지 여덟 마리가 집 안을 돌아다니니 어디나 개 천지였다. 정신없이 온 집 안을 쏘다니는 강아지들을 보면서 어머니는 혼잣말을 하곤 하셨다.

"불쌍한 것들. 지 에미 죽고 젖도 실하게 못 먹었는디. 그래도 용케 안 죽고 고스란히 다 살았어."

그때 학교에서 열린 글짓기대회에서 강아지 키우던 얘기를 써냈는데, 그게 일등이 되어 선생님이 읽어주었던 일도 생각난다. 훗날 강아지들이 커가면서 아무데나 똥을 누는 바람에 친척이나 동네 사람들에게 나누어주고 우리 집에서도 한 마리 키웠다.

인도는 어디를 가도 개가 많다. 집에서 키우는 개도 있지만 그냥 거리에서 주인 없이 배회하는 개들이 더 많다. 병들어 털이 빠진 모습이 보기에 딱한 늙은 개들도 많다. 그러나 누구도 거두지 않는다. 인도에서만 볼 수 있는 개들의 세상, 개천지이다. 인도에서는 정말 '개 팔자 상팔자'라 부를 수 있을 것이다. 자연사할 때까지 그냥 내버려두는 게 보통이다. 그런 개들이 죽으면 마지막 청소는 까마귀, 매, 독수리 등이 와서 한다. 금세 흔적도 없이 먹어치운다.

이것이 자연인가.

꽃장화

다섯 살 때쯤의 일이니 아주 어린 시절 이야기다. 위로 형들이 셋이나 태어난 후 나도 아들로 태어났으니 부모님은 아들 복이 있었던 모양이다. 덕분에 막둥이라고 혜택을 늘 받고 자랐던 것 같다.

그 시절 1950년대는 지금 우리가 누리는 편리나 풍요와는 거리가 멀었다. 동네에 어쩌다 자동차가 한 대 들어오면 밥을 먹다가도 숟가락을 던져놓고 뛰쳐나가 자동차 주위를 맴돌며 만져보는 게 좋았다. 자동차가 동네를 빠져나갈 때면 먼지고 뭐고 아랑곳하지 않고 그 매캐한 매연 냄새를 맡으려고 코를 벌렁거렸다. 신작로에 뿌연

먼지를 가르며 달리던 자동차가 보이지 않을 때까지 쫓아가다 우두커니 처다보고는 했다.

동네에 어쩌다 한 번 들르는 타관 사람 가운데 나의 넋을 빼놓은 이는 항상 엿장수였다. 철컥철컥 쇠가위 소리를 내며 마을 입구에 들어서서 떠날 때까지 그 뒤를 쫄쫄 따라다녔다.

그 시절엔 우리 동네 어른들도 어쩌다 생선이나 뭘 살 때면 꼭 쌀이나 보리를 주고 사셨을 정도니, 어린아이들은 애초에 돈이라는 것을 몰랐다.

한번은 아버지가 장에 다녀오시다가 따로 나를 위해 장화 한 켤레를 사오셨다. 빨간색 장화였는데 옆에 노랗고 파란 꽃이 붙어 있었다. 비가 올 때 신는 게 장화라지만 다른 아이들에게 자랑하고 싶어 언제나 그 꽃장화를 신고 다녔다.

어느 날 동네에 엿장수가 들어섰다. 정말 재수 좋은 날, 어머니가 말씀하시는 토정비결이라도 잘 빠진 날이라야 집에서 엿을 사주었다. 그때 엿장수에게 주었던 물건은 낡은 숟가락, 떨어진 고무신, 구멍 난 냄비나 귀가 나간 쟁기보습 정도였다.

그 엿 맛이란!

그런데 그날은 집에서 엿을 사줄 기색이 없었다. 그래도 그냥 엿장수를 따라다녔다.

동네에서 제일 외곽에 우리 집이 있었는데, 동네 안으로 들어서는 엿장수를 쫄래쫄래 따라 동네 한 바퀴를 다 돌았다. 그러다 그 엿을 조금이라도 맛보고 싶은 마음에 신고 있던 꽃장화를 벗어서 줘버렸다. 엿을 한 움큼이나 받은 것은 당연지사. 그런데 이 머저리가 그 자리에서 엿을 다 먹어치웠으면 탈이 없었을 텐데, 입 안에 잔뜩 물고 집 안으로 들어선 게 화근이었다. 마루에 앉아 일하시던 어머니,

"아가, 니 누가 엿 사주더냐?"

묵묵부답. 그 순간 어머니의 눈길이 신발 없는 내 맨발로 향했다. 어머니는 내 맨발을 보시자마자 그냥 버선발로 한달음에 뛰어나가셨다. 얼마 지나지 않아 엿장수와 함께 들어오시는 어머니 손에는 내 꽃장화가 들려 있었다. 어머니는 엿을 사먹기 위해 꽃장화를 팔아먹은 나 대신에 엿장수를 나무라셨다. 철없는 것이 엿이 먹고 싶어서 그런다고, 덥석 신발을 받아드는 어른이 어디 있느냐는 호된 꾸지람이었다. 그리고 집 안 창고를 뒤져 엿장수 아저씨에게 무언가를 꺼내주셨다.

나는 그저 옆에서 고개를 숙이고 있었다. 어머니는 크게 꾸짖진 않으셨다.

"후자도(나중에) 다시 신발 주고 엿 바꾸어 먹었다간 꽃장화 안 사줄 걸."

지금 생각해도 웃음이 배시시 나온다. 얼마나 엿이 먹고 싶었으면 신고 있던 신발을 엿과 바꿔 먹었을까. 그 철없던 시절이 최고로

행복했던 시간이 아닐까.

그 후 아마 대여섯 살 때였을 것이다. 봄이면 동네 아주머니나 다 큰 누나들이 쑥이나 나물을 캐러 야산과 논둑으로 나다녔다. 한번은 그냥 따라갔다가 어쩌다 그만 진흙탕에 빠지고 말았다. 집에 돌아갔더니 어머니가 새 옷으로 갈아입혀 주셨다. 다시 그곳으로 갔는데 이번에는 낭떠러지에서 떨어져버렸다. 그리고 다시 진흙탕에 빠졌다. 집에 또 들어가니 아무 말씀도 하지 않으신 채 새로 옷을 갈아입혀 주셨다. 지금 생각하면 볼기짝이라도 맞아야 정상인데 막둥이라서 그랬는지, 아니면 너무 철없을 때여서 그랬는지 나무라지도 않으셨다.

좌우간 막둥이란 허울로 형들 모르게 장독대나 집 뒤에서 나만 혼자 얻어먹었던 것들이 죄다 기억난다. 늦가을 홍시들을 큰 장독 안에 담아놓고 나만 따로 꺼내주시던 일, 계란을 삶아 남몰래 주시던 일⋯⋯. 그때마다 어머니는 "이거 먹었다고 말하지 마라!" 하고 미리 다짐을 단단히 주셨다.

몇 번이나 다짐을 해도 얼마 후면 으레 형들도 다 알게 되었다. 그러면 어머니는 홍시든 뭐든 똑같이 나누어주셨다.

그로부터 수십 년이 지난 어느 겨울날, 당초 편지 같은 것을 쓰지 않는 도반 스님이 인도까지 소포를 보내오셨다. 부피는 자그마한데 꽤 무거웠다. 뜯어보니 엿이 가득 들어 있었다. 수능시험 철에 불공 드리러 절에 왔던 신도들이 불단에 올렸던 엿이었다. 그 위에 놓인 종이에는 딱 한 줄이 쓰여 있었다.

'춥지. 엿 먹어라!'

엿 먹을 것이니 매년 보내주었으면 좋겠다.

저승 구경하신 나의 할아버지

아버지께서 술에 취하시면 꼭 하시는 말씀이 있었다. 당신 생전에 할머니 정문(旌門), 그러니까 당신 어머니의 열녀문을 이번 생에 못 세우고 죽는 게 한이 된다는 말씀이었다. 어렸을 때 정문이 뭐고 열녀가 뭔지 모르다가 철이 들어가면서 차츰 우리 할머니가 참으로 대단하신 분이셨다는 것을 알게 되었다.

유감스럽게도 나는 살아생전의 친할아버지, 친할머니를 직접 만나지 못했다. 내가 태어나기 전에 두 분 모두 돌아가셨기 때문이다. 할머니께서는 내가 어머니 태중에 있을 때 어머니에게 이르시길,

"네가 딸 낳기 바라며 정안수 떠놓고 빌었어도 어디 나 죽고 난 뒤에 한번 봐라. 또 아들이다. 아들 날 거다."

손자인 내가 태어나기 전에 당신 말씀대로 돌아가셨으니 뵐 기회가 없었다.

부모님에게 수차례 전해들은 일화, 한번은 할아버지가 매우 아프셨단다. 등창이 생겼다는데 그 시절에 어디 약이 흔한가. 문자 그대로 백약이 무효했나 보다. 그런데 어느 날부터 할아버지의 등창이 낫기 시작하더니 감쪽같이 사라져버렸다고. 그전에 약이란 약을 죄다 써보았지만 소용없었던 것이 거짓말처럼 나은 것이다.

나중에 아버지가 어찌어찌하여 그 내막을 알아차리셨는데, 할머니께서 그런 등창에는 사람 살(人肉)을 떼어 붙이면 낫는다는 말을 어디선가 듣고 당신의 허벅지 살을 스스로 도려내어 할아버지 등창에 붙이셨다는 것이다. 옛이야기 책에나 나옴 직한 일을 할머니께서 직접 행하신 것을 아신 아버지께서 할머니의 허벅지에 있는 큰 흉터를 보고 많이도 우셨단다.

내가 대학생일 때 아버지께서 일종의 확인 서류를 보여주셨다. 당시 나라에서 할머니가 열녀임을 인정하는 도장이 여러 군데 박힌 노리끼리한 종이뭉치였다.

"이런 글은 아무나 받는 것이 아니다."

그러면서 나라의 어른들이 직접 확인한 후에 내려주었다는 설명까지 덧붙이셨다. 열녀문을 지어도 된다는 일종의 허가서였다.

물론 아버지는 자식들 뒷바라지에 바빠, 할머니의 열녀문을 세우지 못하고 이 세상을 버리셨다.

출가한 처지이긴 하나 지금도 그 생각만 하면 자식 된 도리를 다하지 못한 것 같아 한없이 죄스러운 마음이 든다. 어느 여인이 남편 살리자고 손수 자기 살점을 베어낼 수 있을까. 범부인 나로서는 도저히 상상이 되지 않는다.

그러다가 몇 년 후 할아버지께서 돌아가셨다고 한다. 그때 시골 풍습으로 장례는 3일장이었다. 마지막 3일째, 가까운 친지들과 함께 입관(入棺)하는 시간이 되었다. 저승길에 쓸 노잣돈과 먼 길에 배고프지 말라는 뜻으로 손에 지전(돈)을 쥐어드리고 입에 쌀을 넣어드릴 순서였다. 입에 쌀을 넣으며 염(殮)할 때, 갑자기 '각' 하는 기침 소리와 함께 죽었다던 할아버지가 눈을 번쩍 뜨셨다고. 그러자 아버지와 작은아버지를 제외한 친척들이 모두 혼비백산해서 도망쳤고, 그래도 자식들이라고 아버지와 작은아버지는 할아버지 몸을 묶고 있던 새끼줄을 풀고 일으켜 세우셨다고 한다. 정말 죽었던 사람이 다시 살아난 것이다. 생각해보라. 분명히 사흘이나 죽었던 사람이 다시 살아났으니 얼마나 놀랐겠는가.

정신을 차린 할아버지에게 사흘 동안 뭘 했고 어딜 갔느냐고 물으면, 누가 배를 태워 어딘가로 계속 데려가더라는 것 이외에는 기억이 없으셨다고 한다. 그럴 때마다 할머니는 핀잔을 주셨다.

"어두운 영감이라 자기가 죽어 사흘이나 있다가 깨어나도 무엇 하나 기억 못한다."

이제 죽었던 사람이 다시 살아나버렸으니 그날까지 받았던 부조금(扶助金)이 문제였다. 그러나 누구 하나 되돌려 받을 생각을 하는 사람이 없었단다. 할아버지는 그 후 무려 15년을 더 사시다가 돌아가셨다고 한다. 초상 치를 때 온 동네 사람들이 한결같이 하는 말,

"이거 정말 죽은 건가? 또 부조금을 내야 하나? 또다시 살아나는 거 아이가."

농사꾼과 그의 아내로 아무런 내세울 것도 없으셨던 두 분, 지금도 조석 예불 때 그분들을 위한 축원을 빼놓지 않는다.

아버지와 가사삼성(家事三聲)

초등학교 5학년 때 큰형이 결혼을 했다. 큰형수가 얼굴에 연지곤지를 찍고, 머리에 족두리 얹고, 색동옷 곱게 차려 입고 인례사(引禮師)의 부축 받으며 대문 안으로 들어와 우물이며 장독대, 외양간, 부엌 등에 쌀을 흩뿌리며 절하던 모습이 지금도 생생하게 기억난다. 큰아들이 장가든다고 동네잔치를 꽤 오랫동안 벌였다.

큰형수가 집으로 들어오자 처음에는 모든 게 서먹서먹했다. 그전에는 부엌에서 물을 데워 어머니가 목욕시켜주던 것이 좋았는데 그 뒤로는 나 혼자서 해야 한다고 했던 것 같다.

중학교 1학년 때 학교에 다녀오니 대문간에 하얀 종이, 숯, 솔가지를 꿰어 금(禁)줄을 쳐놓았다. 큰형수가 아기를 낳은 것이다. 처음에는 서로 아기를 보듬어 안아보려고 북새통이었다. 막상 아기가 생기니 집안에 생기가 돌았다. 늘 아기 때문에 웃었다. 그러다 조금 크자 이제는 서로 아기를 안 보려고 했다. 우는 것이 싫었던 모양이다.

"왜 자꾸 울지. 쪼끄만 게 젖이나 먹고 잠이나 잘 것이지!"

울면 "또 운다, 울어" 하면서 멀리했다. 그래도 부모님은 우는 아기도 예쁜지 우리를 나무랐다.

"너희들도 이렇게 울면서 컸단다."

늘 하시는 말씀이셨다.

그러다가 아기가 커가면서 사고치는 일이 많아졌다. 내 잉크병도 쏟고, 뭣도 깨고, 책이고 뭐고 죄다 어지럽혀놓았다. 한번은 그냥 한 대 쥐어박았는데 좀 강도가 셌는지, 바둥바둥 쉬지 않고 울어재낀다. 아버지가 옆방에 계셨나 보다. 여태까지는 그냥 두고 보시던 아버지, 그날은 달랐다. 아기를 울린 '죄인'인 나 외에도 형들을 모두 집합시켰다. 그리고 진중한 말씀을 하셨는데 지금도 기억난다. 아마 당신이 서당에서 배운 것인지, 아니면 살아오시면서 귀동냥으로 들으신 것인지 평소와는 다른 말씀이셨다.

"자고로 가사삼성(家事三聲)이라는 게 있다. 예부터 집 안에는 세 가지 소리가 끊이지 않아야 그 집이 잘된다는 뜻이다. 물론 사람 사

생전에 부모님이 함께 문종이를 바르고 계시는 모습(1986년 9월).

는 집이면 대가 끊어지지 않는 집이다. 우선 집 안에서는 늘 책 읽는 소리가 끊이지 않아야 하고, 두 번째로 아기 울음소리가 끊어지면 대가 끊기니 안 된다는 것이고, 마지막으로 집 안에서 베 짜는 소리가 끊어지면 안 된다는 이야기다."

이 세 소리가 가사삼성이라며 그중 한 가지만 없어도 좋은 집안이 될 수 없다는 말씀이셨다.

그때 가사삼성은 매우 지당한 말씀인 것 같았다. 이후 학교에서나 그 어디에서도 이 세 가지 소리에 대한 이야기는 들어본 적이 없다. 그래도 아버지 혼자만의 철학(?)은 아니었을 것이다. 얼마 전에 드디어 가사삼성이라는 말을 찾았다. 함경도 시골 태생의 강흘용 선생이 쓴 《초당草堂》이란 책에 당신이 어렸을 때부터 커오면서 익힌 글이 나와 있었다. 그리고 '가사삼성'에 대한 아버지의 가르침도 그 책 안에 고스란히 들어 있었다.

자라면서 부모님의 말다툼 소리를 가끔 들었다. 마지막에는 무조건 어머니의 승리였다. 무슨 이야기를 하다가도 어머니의 이 말 한마디에 아버지는 꼼짝도 못하셨다.

"당신, 우리가 지금 왜 이렇게밖에 못사는지 알아? 모두 당신이 빚 내주고 한 푼도 못 받아서 그렇지. 그 빚만 받았어봐."

아버지는 그럴 때면 묵묵부답. 한참 후에,

"뭐 빚 내준 내가 나쁜가. 빚 안 갚은 사람들이 나쁜 것이지."

어렸을 때 형을 따라 꽤나 먼 동네까지 빚 독촉하러 다닌 적이 있었다. 주로 겨울이었다. 그런 날이면 왜 그리 눈도 많이 쏟아지던 지……

돌아가신 아버지의 나이가 되어가는 요즘 '아버지 정도의 삶이나 살아가고 있는가' 스스로 돌아보고 반성할 때가 많다.

지순한 신심으로
살다 가신 할머니

1950년대는 특별한 일이 아니면 친척집이라고 부러 찾아다니거나 놀러가던 그런 시절이 아니었다. 그나마 다섯 살 때 어머니 손을 잡고 외갓집까지 걸어갔던 게 거의 유일한 기억이다. 걷다가 물리면 그 자리에 주저앉고 업어 달라 떼쓰고 또 떼쓰고 하던 게 고스란히 기억난다. 외갓집이 어딘지도 모른 채 길을 걷다가 저 멀리 외할머니, 외할아버지 그리고 외삼촌이 계신 것을 보고서야 '여기가 외갓집이구나' 하고 좋아하곤 했다.

그런데 우리 집에는 나를 붙잡고 '우리 막둥이 대린님(도련님)'이라고 부르시던 먼 친척 할머니가 종종 찾아오셨다. 그분은 우리 집에 오셔서도 일단 잡수시는 게 한정되어 있었다. 지금 와서 생각해 보면, 워낙 음식을 가리시는 분이어서 그분의 방문이 어머니에겐 편했을까 아니면 불편했을까 궁금해지기도 한다. 밥과 간장 그리고 물김치 정도만 잡수셨다. 요즘의 그 흔한 김도 그때는 설날 아침에나 푸짐하게 떡국에 넣어 먹거나 겨울철에 가끔씩 어머니가 가위로 잘라 몇 장씩 똑같이 나누어주시던 귀한 반찬이었다. 그런데 그 할머니는 김도 잡술 생각을 하지 않으셨다. 그분은 당신의 수저까지도 직접 챙겨 다니셨다. 나중에 생각해보니 고기나 비린 생선, 멸치한 마리, 파와 마늘이 들어간 일체의 음식도 잡수지 않으셨다. 그래도 어디 아픈 데 없이 잘도 다니셨다.

놀라운 것은 그 시골에서 매일 아침 예불을 올리기 위해 왕복 20리 길을 단 하루도 빠지지 않고 걸어 다니셨다는 점이다. 할머니가 다니시던 절까지 십리 길이었다. 그 마지막은 산으로 난 오르막길이었는데, 농사철에도 하루도 빠짐없이 새벽예불을 다녀오시는 것이었다. 글자 그대로 눈이 오나 비가 오나 365일 새벽마다 절을 하러 오가신 셈이니, 가히 '기적의 할머니' 라 부를 만했다.

그 할머니의 인생사를 부모님에게 전해 듣고 더욱더 관심을 기울이게 된 것은 아마도 내가 고등학생쯤 되었을 때라 기억된다. 할머니는 일제 강점기 때 보통학교 교사를 지냈다고 하니 당시로는 근

대교육을 받은 신식 엘리트였다. 그런데 그 인생길이 한국전쟁으로 완전히 바뀌어버렸다. 부군 되시던 분도 당대의 지식인이었는데, 인민군이 내려오면서 일이 터진 것이다. 남편은 이쪽 지역 인민군 총책임자가 되어 인민해방이라는 목표에 앞장섰다. 그러다가 제일 먼저 체포되어 사살당한 이야기며, 할머니가 이미 부패한 시신을 부안 변산 해안가까지 가서 소달구지에 싣고 와서 묘를 쓴 이야기 등을 그 당시에 듣게 되었다.

그때 한창 자라는 아이들만 줄줄이 여섯이나 있었다고 한다. 생각해보라. 남편이 빨갱이로 처형당했으니 그 후로 늘 그놈의 빨갱이집안, 빨갱이새끼라는 소리를 들으며 자라야 했으리라. 그 할머니는 그때부터 부처님에게 당신의 인생 전체를 맡기셨다.

이런 정신적인 귀의처 없이 어찌 어린 자식들을 키워가며 농사짓고 살림을 꾸려갈 수 있었겠는가. 새벽에 20리 길 절을 오가시는 게 삶이요 희망이며 절대 믿음이 된 것이다. 그러다 보니 당신 삶처럼 먹거리도 정갈하게, 고기반찬이나 멸치 한 마리, 나아가 냄새나는 파나 마늘 등 어떤 신채(辛菜)가 든 음식들도 멀리한 채 참으로 맑고 정갈한 채소류만 잡수셨던 것이다. 그래서 우리 집에 오실 때도 당신 수저를 가지고 오셔서 우리에게는 인이 배인 냄새까지도 물리치셨던 것이다. 지금도 기억나는 게, 집에 오시면 어머니가 무얼 준비해도 밥과 맨 간장만 잡수시던 모습이다.

내가 신학대학을 다닐 때도 어쩌다 오시면 늘상 하시는 말씀.

"우리 막둥이 대린님이 불도를 닦았다면 벌써 도 깼을 거여."

출가를 하고 얼마 뒤 고향을 찾았을 때 그 할머니 집에도 들렀다. 할머니가 내 손을 꼭 잡고서 말씀하셨다.

"우리 시님, 인자 내 소원 이뤄졌지. 나 인자 몸이 늙어 절에도 못 가고 이렇게 집 안에서만 정안수 떠놓고 예불 드리는디, 인자 우리 시님이 바른 도 길에 들어섰으니 나 죽어도 원이 없어요. 부디 꼭 도 깨야 혀."

그 말씀이 잊혀지지 않는다. 어머니보다 연세를 더 드셨는데 이제 더 이상 20리 길, 그 산속의 절에 가지 못하심을 아쉬워하셨다.

인도에 살면서도 가끔은 그 할머니가 생각난다. 아흔여섯의 연세로 돌아가셨다는 소식을 속가 형님의 기별로 알았다.

아직까지 내 평생 그 할머니처럼 순수한 불심, 지극정성으로 부처님을 섬기는 이를 보지 못했다. 불심 제일이라는 이곳 티베트인들과 20여 년을 함께 살아왔어도 돌아가신 그 할머니를 능가하는 신심과 정갈한 삶을 보지 못했다.

월인 스님, 초삼 스님이 내 수행길의 사표(師表)였듯이, 재가자로서는 그 먼 친척 할머니가 내 인생 최고로 맑고 맑은 삶을 사신 불자로서 기억에 남는다.

나 자신을 보자. 겨우 스님 흉내만 낼 뿐, 어디 두 큰스님들처럼 세속을 초월한 참수행자요 구도자인가. 아니면 그 친척 할머니처럼 정갈한 삶, 지극한 신심이 있는가. 아니다. 어림도 없다. 먹는 것부터 그 할머니 그림자도 못 따라간다. 신심은 어림도 없다. 조석으로 예불 올리며 오체투지나 겨우 해낸다. 그러다 보니 큰 정진 없이 이렇게 나이만 먹어가고 있다.

지금도 그 먼 친척 할머니를 생각하면 내 보잘 것 없는 수행에 절로 조신(操身)하게 된다.

유년 시절 어머니의 한 말씀

지금도 눈감으면 떠오르는 게 어렸을 적 고향 풍경이다. 그 시절은 자동차, TV 등은 물론 전기, 전화도 상상할 수 없을 때였다.

아침에 일어나 마루에 나가면 제일 먼저 눈에 띄는 게 모악산이었다. 기러기들이 끝없이 날아오르던 그 산. 겨울이면 눈도 많이 내렸는데 썰매 타는 게 최고로 신나는 놀이였다. 봄이면 송아지가 '움메' 하고 엄마 찾아 우는 소리를 들으면서 농사짓던 모습이 아련하다. 여름이면 맑은 냇가에서 발가벗고 멱 감고 놀았다. 가을이면 나락 베는 들판이며 곡식 거둬들이던 게 눈에 선하다. 메뚜기 잡아 볶

아 먹고 미꾸라지 잡아 구워 먹었다.

제일 신났던 놀이 중의 하나는 아마도 고기 잡는 일이었던 것 같다. 그때는 물이 있으면 고기가 있었다. 논에도, 도랑에도, 냇가에도. 비가 많이 내리면 물고기들이 마당까지 물을 타고 들어와 파닥거렸다. 꿩이나 산토끼 등은 조그만 산에도 바글바글했다. 집 뒤 대숲에는 살쾡이도 살았다. 한번은 노루가 앞쪽 야산 묏자리까지 내려왔다가 동네 사람들에게 몰리는 모습을 보기도 했다.

아직 철이 들기 전, 눈 비비며 일어났더니 부엌에서 이야기 소리가 들렸다. 모정(茅亭)에 도둑놈을 잡아놨다는 것이다. 가끔 도둑놈 소리를 들었기에 곧장 모정으로 달려갔다. 이미 많은 사람들이 웅성대며 모여 있었다. 얼른 사람들 사이를 비집고 들어가 보고 얼마나 실망했는지. 그때까지 도둑놈이라면 큰 산짐승이나, 머리에 뿔이 나 있고 온몸에 털이 나 있는 도깨비처럼 상상하고 있었다. 그런데 보기에 그냥 평범한 사람이 모정 기둥에 묶여 있었다. 남루한 옷차림에 고개를 숙이고 있어 얼굴을 볼 수 없었으나 사람인 것만은 확실했다.

집에 돌아와서 어머니께 말씀드렸다.

"엄니, 도둑놈이 사람이네."

"그러면 사람이지 뭐겠냐!"

아침을 먹으며 들으니 남의 집 부엌에 먹을 것을 훔치러 들어왔다가 붙잡혔다는 것이다. 그때는 세끼 밥만 챙겨 먹어도 정말 잘사는 집이었다. 초등학교에서도 한 반의 60여 명 급우들 가운데 도시락 챙겨오던 아이들은 채 스무 명도 되지 않았다.

우리 집에는 큰 괘종시계가 있었다. 가끔 한밤중에 대문 두드리는 소리에 잠을 깨기도 했는데 동네 사람이 와서 시간을 묻고는 했다. 지금 집에서 아기를 낳았단다. 이불 속에서 듣고 있으면 어머니는 시간을 말해주고 꼭 "뭐 났어?"라고 물으셨다.

아들이라면,

"아이고 잘 됐네."

딸이라면,

"아이고 어쩌지!"

초등학교 3학년 때 아버지가 미군부대에서나 썼음 직한 라디오를 사오셨다. 쌀 몇 가마니를 줬다지만 그건 관심 밖이었다. 조그만 상자 속에서 노래며 별의별 소리가 다 나오는 라디오가 얼마나 신기했던지! 그 라디오 외장은 쇠가죽으로 둘러져 있었는데 한쪽에는 개 한 마리가 마이크 밑에서 라디오를 듣는 그림이 박혀 있었다.

바로 위의 형과 라디오 안을 들여다보며,

"안에 사람이 있나 보다. 그러면 뭘 먹고 살지? 아마 저녁에 아무도 몰래 나와서 먹고 들어갈 거야."

'라디오의 원리'에 대해서 우리끼리 진지한 이야기를 나누고는 했다.

그때 큰형은 서울에서 학교를 다녔는데 형 친구라는 사람이 와서 며칠 묵다가 그 라디오를 훔쳐가 버렸다. 그날 저녁에 어머니가 한 말씀 하셨다.

"거 봐라. 토정비결이 딱 맞다. 우리 집에 올해 실물 수가 있다더니."

그 말에 작은 형이 얼른 대답했다.

"엄니, 괜찮어. 우리 소가 또 새끼 뱄으니까 곧 송아지 날 거여. 그 송아지 팔아서 또 사면 되지, 뭐."

아버지는 그냥 진지만 드시며 아무 말씀이 없으셨다.

그 시절에는 밥 때가 되면 밥 얻으러 오는 동냥 거지가 많기도 했다. 주로 아침밥 먹을 때 많이 왔다. 한번은 내가 아무 생각 없이 툭 한마디를 뱉었다.

"엄마, 우리도 밥 먹을 때 누구네 집처럼 문 잠그고 먹자."

그때 아버지에게 정말 무섭게 혼났다. 그냥 그러면 못쓴다는, 평소의 꾸중이 아니었다. 회초리만 안 들었지 눈물이 찔끔 날 만큼 호된 꾸중을 들었다. 이후 2~3년간은 계속 그 이야기를 반복해서 들어야 했다. 그렇게 살면 복이 달아나 나중에 동냥 거지가 된다는 것이었다.

집에 전기가 들어온 것은 초등학교 6학년 때였다. 우리 할머니가 그 멀고 먼 한양에 갔다가 입으로 아무리 불어도 끝내 끄지 못했다는 바로 그 전기가 들어온 것이다. 막상 전기가 들어오니 밤이 대낮처럼 훤해졌다. 형광등이 껌벅껌벅 하다가 불이 들어오는 게 신기했다.

초등학교 2학년 때 처음으로 영화를 봤다. 그때는 화폐 개혁 전이라서 이승만이 그려진 빨간 지폐를 썼는데, 기억으로는 2원을 냈던 것 같다. 읍내까지 십리 길을 짝꿍이랑 손 딱 잡고 걸어가 영화관에 처음 들어간 순간이었다. 제일 앞에서 고개 쳐들고 목이 빠져라 화면을 쳐다보다가 엉엉 울고 말았다. 나뿐 아니라 모든 관객들이 극장이 떠나가도록 울었다. 심청이가 인당수에 뛰어들 때 정말 물에 빠져 죽는 줄로 알았던 그 영화는 〈심청전〉이었다.

어쩌다 장날이 일요일과 겹치면 장에 따라가 얻어먹던 멸치국수 한 그릇은 별미였다. 좀 커서야 짜장면, 우동을 얻어먹었는데 큰형이 읍내에 같이 나가면 사주고는 했다. 그때 중국집의 뚱뚱한 중국인 주인은 뭘 주문하면 바로 뒤에 대고 큰소리로 '쒤라 쌀라' 했다.

수업이 끝난 뒤 공차기는 최고의 놀이였다. 동네끼리 편을 갈라 종이 몇 장씩 걸어놓고 공을 찼다. 처음에는 고무공이 없어서 돼지 잡는 집에 가서 얻어온 오줌보에 바람을 집어넣고 실로 묶은 다음 차고 놀았다. 그런 날은 맨발에 기름기가 찌들어 씻어내는 데 애를 먹었다. 나중에 고학년이 돼서야 콩이나 쌀 등을 장에 가서 팔아 통통 튀어오르는 고무공을 살 수 있었다.

겨울방학 때는 얼음판에서 썰매를 많이 탔는데 내 썰매가 단연 최고로 잘 나갔다. 썰매나 송곳을 실하게 만들어서 시합을 해도 누구보다 더 멀리, 더 빨리 나갔다. 연날리기에서도 내 연이 최고로 높이 올라갔다. 형들이 만들어주었으니 또래 친구들의 연보다도 훨씬 더 멀리 날아갔다. 형들 덕을 톡톡히 봤던 것이다.

이후 내 삶의 밑바탕이요, 출가 수행길의 지침이 되었던 일이 어느 여름날에 일어났다. 비가 몹시 내렸는데 천둥치는 소리가 너무 무서워 형들과 함께 방안에 모여 있을 때였다. 우리 형제들을 모두 모아놓고 어머니가 말씀하셨다.

"봐라, 사람은 죄 안 짓고 살아야 한다. 아무리 천둥 벼락이 쳐도 죄 없는 사람은 걱정 없응께."

그리고 당신이 수년 전에 직접 본 일을 우리들에게 들려주셨다. 내용은 이렇다. 우리가 다니던 초등학교 옆에 수월리라는 마을이 있었다. 그 중간 정도에 우리 밭이 있었다. 모내기가 이미 끝난 뒤라 가끔 논에서 잡초를 뽑거나 밭일을 하던 초여름이었다. 어머니가 우리 밭에서 밭일을 하고 계셨는데 갑자기 소나기가 쏟아지더라고. 잠깐이면 그칠 줄 알았는데 사방이 컴컴해지면서 폭우가 내리치며 천둥 번개까지 쳤단다. 그래도 어머니는 이왕 맞은 비, 일이라도 마저 끝낼 요량으로 계속 일을 하고 있었는데 갑자기 하늘 한쪽이 훤해지더란다. 당신도 모르게 그쪽을 보니 순간 하늘의 먹구름에서 벌건 불칼이 수월리 모정(茅亭)으로 내리치더라고. 그때 한 노인이,

"아이고 뜨거워!"

노인이 불칼을 맞고 저만치 나가떨어진 직후, 바로 그 모정에 엄청난 천둥소리와 함께 벼락이 내리쳤다는 것이다.

어머니는 그저 놀랍고 놀라워 망연자실. 좀 지나고 보니 모정은 시커멓게 타버렸고 연기만 뭉게뭉게 일고 있는데 들일 하다가 비 피하러 모정에 모여 있던 무려 열네 명의 사람들이 모조리 타죽었다는 것이다. 그러나 벼락이 치기 전, 어머니 표현을 빌자면, 불칼이 내려와 들어낸 노인만큼은 엉덩이만 약간 덴 것 빼고는 멀쩡했다는 것이다. 이후 그 동네에서는 열네 집에서 같은 날 제사를 지냈으며 날씨가 궂어 천둥 번개가 칠 기세가 보이면 무서워서 아무도 밖으로 나가지 못한다고.

그리고 하시는 말씀이, 사람이 죄 안 짓고 살면 하늘이 먼저 알고 살려준 그 노인처럼 아무 걱정할 게 없다는 것이었다. 그 노인은 그야말로 반(半)부처였단다. 평소에 호인 중의 호인이었고 늘 남에게 적선하며 좋은 일 많이 하던 사람이었다는 것이다. 무엇보다 착하게 살아야 하고 이왕이면 남에게 적선 많이 하고 좋은 일 많이 하고

살아야 한다는 게 어머니 말씀의 요지였다.

이 이야기는 그 뒤로도 서너 번 반복해서 들을 수 있었다. 그 말씀은 이후 살아오면서 옳고 그름을 판단할 적 늘 기준이 되었다. 사실 우리네 인생에서 해야 할지 말아야 할지 선택의 기로(岐路)에 설 때가 얼마나 많은가. 나에게 어떤 일의 사리분별을 할 때 기준이 되는 것은 학교에서 배운 가르침이나 책을 통해서 배운 것이 아닌 어머님이 가르쳐주신 바로 그 벼락 사건의 일화다. 출가해서도 내 삶의 지침으로 삼고 있는 것은 여전히 그때처럼 착하게 살면 하늘이 먼저 알고 땅이 보살펴 떼죽음도 면한다는 것이다.

우리 불교에서도, '모든 악행 짓지 않고 착한 일 만들어 행하며 자기 마음을 다스리는 것, 이것이 바로 모든 부처님의 가르침일세'라고 《과거칠불통게過去七佛通揭》에서 이르고 있다. 불교뿐이랴. 세상의 모든 종교나 성현들의 가르침도 똑같이 착하게 살고 어려운 이웃을 보살피는 것을 가르쳐오지 않았던가.

부모님 세대가 근대식 교육을 받을 수 있는 학교에 다닌다는 것은 상상하기 어려웠다. 아버지 잠시 서당에 다니셨다지만, 그것도 집이 가난해서 도중에 포기하셨다는 이야기를 들었다. 어머니는 겨우 언문을 읽고 쓸 수 있는 수준이셨는데 지금도 어머께서 보내주신 편지 두 통을 항상 가지고 있다. 인도로 보내주신 것인데 조카들 편지와 함께 부쳐온 단 몇 줄짜리의 편지들이다.

비록 정규교육을 받으신 적은 없지만 어머니의 그 말씀은 어느 책에서 배운 것보다 더욱 절실하게 와 닿는다.

지금 이 나이에도 망설여지는 순간이 항상 있다. 그럴 때마다 하늘과 땅 사이에 벌어지는 모든 일에는 항상 인과가 있음을 생각하게 된다.

삶의 기반이 되는 책 한 권을 추천하라면 주저 없이 항상 착하게 사는 것을 강조하고 있는 《명심보감》을 추천한다. 종교를 초월해서 《명심보감》을 가까이 하라고 늘상 말한다. 어머니의 그 벼락 사건의 일화처럼 착하게 살아야겠다는 생각을 새삼스레 가다듬어본다.

초등학교 입학식

우리 집에서 학교까지는 6~7백 미터나 될까. 가끔은 점심 도시락을 안 가져가서 점심시간 때 집에 왔다 가도 오후 수업시간에 늦지 않았다.

입학식 날 부모님 대신에 둘째 형과 셋째 형이 나를 데리고 학교로 갔다. 당시 둘째 형은 이미 중학생이었고 셋째 형은 4학년이었다. 둘째 형은 6학년 때 총급장을 했기 때문에 선생님들과 낯이 익었다. 사람이 꽤 많이 모였었다. 입학생보다 따라온 학부형이나 친척이 더 많았다. 순서가 어땠고 교장 선생님이 무슨 말씀을 했는지에 대해서는 전혀 기억이 없다. 행사가 다 끝날 무렵 신입생 중의 한 명이 대표로 교단에 올라가 노래를 해야 했는데 하필이면 그게 나였다. 아마도 둘째 형이 워낙 학교에서 유명했기 때문이었을 거다.

의기양양하게 올라섰다. 좌우에는 선생님들이 계셨고, 앞줄에는 코흘리개 동네 친구들, 그 뒤에 고학년 형들, 그 뒤를 학부모들이 빙 둘러싸고 있었다.

올라간 것까지는 좋았는데 막상 대중들 앞에 처음 서보니 주눅이 들었다. 기가 폭삭 죽어 그 자리에 얼어붙어버렸다. 그래도 '오늘을 위해' 학교 가면 부를 노래라고 〈송아지〉며 〈산토끼〉 등 여러 동요들을 배우고 익혔으나 막상 단상에 서자마자 머리가 텅 비어버렸다. 눈은 교단 바닥에 고정시킨 채 두 손은 바지 주머니에 쏙 집어넣고 있었다. 그러다가 부른다는 노래가,

"동해물과 백두산이……."

전혀 생각지도 않았던 엉뚱한 노래가 나와버렸다. 그때는 마이크도 없었는데 한 구절을 시작하자마자 앞줄에서 자갈자갈 웃는 소리가 들렸다. 이미 시작한 것이라 1절 끝까지 용을 쓰며 불렀다. 웃음소리는 점점 더 커져가고……. 그때 대중들의 웃음소리는 지금도 잊혀지지 않는다.

집에 돌아와서 형들에게 꾸중만 실컷 들었다. 공들여 연습시킨 노래는 어디다 두고 하필이면 애국가를 불렀냐는 죄였다. 덕분에

오랫동안 놀림을 당했다. 특히 셋째 형이 약을 올렸다. 바지 주머니에 두 손을 푹 집어넣고 땅만 쳐다보며 노래 부르던 흉내를 낼 때면 그렇게 미울 수 없었다.

가끔씩 어머니에게 아버지 상 위에 놓인 계란찜 등 맛난 반찬만 집어먹는다고 머퉁이(꾸지람)를 들었다. 그럴 때면 위쪽 밥상머리에 앉아 있던 셋째 형의 놀림이 시작됐다.

"동해물과 백두산이……."

아버지 상에는 따로 별식이 한 가지씩 올라왔는데 내 수저가 그쪽으로 많이 갈 수밖에.

그럴 때마다 어머니는,

"반찬만 먹냐! 밥이랑 먹어야지."

그럴 때마다 아버지는,

"그냥 놔두게."

이 나이가 되어가니 그게 부모님의 사랑이었음을 깨닫는다. 밥상 물릴 때 듣고 듣던 어머님의 똑같은 말씀 한마디.

"우리 막둥이는 괴기(고기) 좋아허제. 후지(나중에) 군산으로 에워야겠다."

그 말씀이 아직도 귓가에 쟁쟁하다. 그리고는 내 생일 때문에 하신 말씀들도 잊혀지지 않는다.

"우리 막둥이는 어디 가도 배는 안 곯을 거다. 생일이 삼월 비암

(뱀)이라 먹을 게 시글시글 허거든. 개구리도 많을 때고. (⋯) 우리 막둥이는 환갑잔치 때 호롱불 따로 킬 것도 없이 좋을 거여. 삼월 보름날이라 날도 안 춥고 저녁 내내 달이 훤헐텡께로."

생일이 음력 삼월 보름이라지만 출가 후로 생일이라고 할 게 없어졌다. 비구는 출가한 날이 생일이니까. 사실 생일이란 날은 불교적 관점에서 볼 때 축하할 일이 아닌, 이 고통의 윤회 길에 들어온 슬픈 날이기도 하다.

어쨌든 입학식 다음날 담임선생님을 맞았다. 입술에 빨간 연지를 바르고 회초리를 든 강옥주 여선생님. 그때는 일단 선생님이 무서웠다. 그런데 첫 시간에 들려준 옛날이야기는 지금도 고스란히 기억된다.

3학년 때 유달리 내 종아리를 많이 때리셨던 김진회 선생님은 고등학교 다닐 때 한번 찾아뵈려 했으나 어느 학교 기숙사에서 숙직 중에 연탄가스에 중독되어 순직하신 직후였다. 자전거로 출퇴근을 하셨는데 항상 김구 선생 같은 둥근 뿔테 안경을 쓰셨고 일본식 줄무늬 옷을 입고 계셨다.

아직까지도 초등학교 때부터 고등학교 3학년 때까지 담임선생님들의 이름을 다 기억한다. 또 군대에서 사단장부터 중대장까지의 지휘관 이름도 다 기억한다. 초등학교 입학식 때 교단에 올라가 애국가를 끝까지 불렀던 소치인가. 좀 연관성이 있는 것도 같다.

너 서울 가봤어?

소풍은 항상 설레는 행사였다. 소풍 간다는 날짜만 알려져도 얼마나 그날을 기다리고 기다렸던가. 전날 밤에는 행여나 날이 궂어 못 갈까봐 마당에 나가 몇 번이나 밤하늘을 쳐다보았던가.

소풍날은 대개 식구들과 친척들이 함께 갔다. 이미 전날 밤에 만들어둔 계란말이나 부침개 등은 어쩌다 한 번 먹을 수 있는 별식이라서 부엌에서 냄새만 풍겨도 들뜨기 시작했다. 깨끗한 새 옷으로 갈아입고 설날과 추석에만 신는 운동화도 꺼내 신었다. 그 운동화는 명절 때나 사주시는 것이었는데 항상 내 발보다 훨씬 컸다. 어머니가 신발 산다고 장에 갈 때는 지푸라기 한 개로 발 크기를 맞추어 가셨는데 막상 사온 새 신은 항상 헐렁했다. 크는 애들이라면서 아예 3~4년은 쭉 신을 수 있는 큰 신발로 장만해오시는 것이었다.

어쨌든 소풍 가는 날은 신났다. 식구들과 친척 여럿이서 학교에 가보면 이미 난장판, 약삭빠른 장사치들은 벌써 진을 치고 정신을 빼놓는다. 풍선이며 소리 나는 나팔 등을 파는 장난감 장수에 쭈쭈바의 조상쯤 되는, 갖가지 색소를 넣은 단물 든 비닐봉지, 풍선껌 등을 팔던 먹거리 장수에 뽑기로 항상 내 돈을 우려먹던 야바위꾼 등이 펼친 좌판에는 가지고 싶고 먹고 싶고 갖고 놀고 싶은 것들이 즐비했다.

일단 전교생 집합, 주의사항 점검, 그리고 출발! 십리 정도를 걸어 산으로 갔는데 그 길을 걷는 게 그리 좋았다. 목적지에 도착하면 인원 점검을 하고 다시 주의사항, 그리고 해산. 그러면 식구들이 이미 좋은 자리 잡아놓고 날 부르는 곳으로 뛰어가면 되었다. 그때부터 준비해온 음식들을 먹으면 되었다. 그 꿀맛이라니! 오후에는 학년별 장기자랑, 그리고 마지막 행사인 보물찾기로 이어졌다.

보물이 적힌 쪽지를 찾는다고 바위 틈새나 나뭇가지, 돌멩이 밑 등 숨겨놓을 만한 곳을 아무리 뒤져보았지만 초등학교를 마칠 때까지 열두 번의 소풍에서 단 한 번도 그 보물 구경을 못했다.

3학년 봄소풍 때다. 우리가 늘 가던 산꼭대기에 미군부대가 있었는데 웬일인지 그날은 미군부대 안의 막사며 식당 등을 볼 수 있었다. 그런데 갑자기 전교생 소지품 검사가 있었다. 키 큰 미군들이 눈살을 찌푸리며 우리를 지켜보고 있었다. 알고 보니 누군가 당구대에서 공을 몇 개 훔친 것이다. 물론 선생님이 찾아 되돌려주었고 그 애는 소풍날인데도 선생님에게 꿀밤을 몇 개나 맞았다.

운동회는 소풍처럼 일 년에 두 차례가 아닌 가을에 한 번 열렸지만 보름 전부터 사전준비를 해야 했다. 수업 시간이 노는 것을 연습하는 시간이었으니 얼마나 신났겠는가.

그런데 운동신경이 둔한 탓인지 달리기나 뭘 해도 상품 하나 못 타서 서운하고 부러웠던 게 운동회였다. 특히 달리기에서는 3등까지 공책이며 연필 등 상품들을 골고루 나누어주었는데, 뛰었다 하면 꼴찌 아니면 뒤에서 두 번째 혹은 세 번째에 들어가서 상품과는 거리가 멀었다.

그런데 딱 한 번 상을 받았다. 3학년 때였다. 달리기는 보통 여덟 명 정도가 운동장 반 바퀴를 돌면 순위가 정해졌다. 큰맘 먹고 한 번 뛰어보려고 나가면 역시 나보다 잘 달리는 친구들뿐이었다. 뒤로 빠지고 빠지고, 그렇게 꾀를 부리다보니 맨 끝줄에 남았는데 그때 3등으로 골인하게 되었다. 마지막으로 세 명만 뛰었기 때문에. 꼴찌지만 상을 받을 수 있는 꼴찌, 3등이 되었다. 그 후로는 달리기에서 등수 안에 들어본 적이 없다.

달리기로 상도 받았던 그해, 6학년이던 셋째 형이 서울로 수학여행을 다녀왔다. 서울 이야기를 해줄 때면 넋이 다 나갔다. 무지무지하게 높은 '빌딩'이라는 집이 있고, 8차선 넓은 길에는 자동차들도 많고, 밤에도 대낮처럼 환하고, 어디 어디에 갔고, 전차도 타봤고 등등 서울 수학여행 이야기는 끝이 없었다. 언제면 나도 6학년이 되어 그 수학여행이라는 걸 갈 수 있을까 벼르고 별렀다.

드디어 6학년 가을에 3박 4일의 수학여행 일정이 발표되었다. 당시는 그 경비를 큰돈으로 여겼기에 몇 번에 걸쳐 나누어 냈는데 720원으로 기억한다. 그 액수가 정확히 생각나는 것은 급장이었던 내가 반 친구들에게 몇 차례 돈을 거두어 어머니에게 드리면 어머니는 그 돈들을 장롱 밑에 넣어두셨던 것을 기억하기 때문이다. 출발일은 11월 14일이었다. 새벽부터 부산을 떨며 읍내의 역전 소집장소로 가려는데 아버지가 300원, 어머니가 80원을 용돈으로 챙겨주셨다.

우리 동네 아이들과 함께 역에 가보니 이미 교장선생님과 6학년 1반, 2반의 담임선생님들이며 친구들이 다 모여 있었다. 남자애들은 1반이었고 여자애들은 2반이었다. 그때만 해도 남녀가 함께 앉아 공부한다는 것은 상상도 못했다. 열두 시간이 넘는 열차 여행은 그저 즐거울 뿐, 정차하는 역마다 일일이 역 이름과 풍경을 공책에 적었다. 밤 8시쯤 서울에 도착했다.

휘황찬란한 전깃불이 깜박이는, 처음 본 네온사인의 그 예쁜 불빛이란! 황홀했다. 선생님이 짝을 지어주시면서 서로의 손을 꼭 잡고, 허튼짓하거나 한눈팔지 말고 당신만 따라오라고 지시했지만 어디 앞만 보고 갈 수 있겠는가.

바로 그때 최덕환이란 친구가 큰소리로,

"희야, 저그 좀 봐라. 저그! 어떻게 자방침(自紡針)이 있어졌다 없어졌다 헌다야!"

그 친구는 재봉틀 모양의 네온사인이 켜졌다 꺼졌다 하는 것을 가리켰다. 기억하건대 당시 서울역 왼쪽에 '드레스 미싱' 이란 상표와 함께 재봉틀 모양의 전광판이 걸려 있었다.

남대문 근처 여관에서 머물렀다. 드디어 꿈에도 그리던 서울의 밤하늘 아래에서 자게 된 것이다. 어찌 알았는지 이미 여관 입구에는 별의별 장사치가 진을 치고 있었다. 그날 밤 거기서 용돈을 모두 써버린 친구들도 있었다. 일찍 자야 한다는 담임선생님의 지시에도 아랑곳하지 않고 밖에 나와 이곳저곳을 기웃거렸지만 겁이 조금 났다. 서울은 눈을 뜨고 있어도 코를 베어가는 곳이라고 하지 않던가. 멀리는 못 가고 근처만 돌아다녔다.

이튿날, 처음 간 곳은 당시 동물원이었던 창경원이었다. 말로만 듣던 동물들을 구경했다. 처음 본 원앙새가 특히 예뻤다. 그 원앙새에 대한 기억은 성산 카일라스 옆의 마나사로바 호수의 물새들과 이후 이쪽 라닥의 빵공초 호수의 물새들을 볼 때 새삼스레 떠오르고는 했다.

다음으로 국회의사당을 들렀다가 동아일보사에도 갔다. 큰 윤전기가 돌아가면서 신문을 찍어내는데 하도 빠른 속도라 겁이 더럭 났다. 안내하던 누나가 설명을 마치고 질문이 있냐고 물었지만 누구도 말문을 못 열었다. 한 친구가 용기를 내어 물어보았다. 큰 윤전기를 가리키며,

"이것을 발동기가 돌린대요?"

"전기로 돌아갑니다."

촌놈티를 냈다. 그때까지도 우리 시골에는 전기가 들어오지 않았다. 말로만 듣던 전차도 타보았다.

사흘째 되는 날에는 국립묘지에도 갔고 다른 몇 군데도 둘러보았는데 비행기를 보러 공항에 갔던 일이 지금도 기억난다. 그 큰 비행기! 잠자리보다 작은 게 하늘을 나는 것은 전에도 많이 보았지만 그렇게 가까이에서 보기는 처음이라서 그저 신기하기만 했다. 월남의 '키' 수상이 타고 온 전용기라고 누가 설명해주었는데 비행기 앞부분 양쪽에 금색의 용 두 마리가 멋지게 그려져 있었던 것이 선명하게 기억난다.

'나도 대통령이 되면 이런 비행기를 타겠지. 그런데 대통령이 안 되면 언제 타보지? 내가 어른이 되면 반드시 타보아야지! 아니지,

비행기를 운전한다면 늘 타고 다닐 텐데…….'

그 비행기 운전사는 되지 못했지만 요즘은 외국에 줄곧 사는 인연으로 더러 탈 기회가 생긴다.

수학여행에서 돌아올 때 선물로 조그만 거울을 하나 샀는데 받침대가 있어 세워놓을 수 있는 거울 뒷면에는 창경원의 어느 곳이라고 적혀 있었다. 이후 어머니는 머리를 빗으실 때 항상 그 거울을 쓰셨던 것 같다.

밤열차를 타고 내려와 십리 길을 걸어 집으로 돌아올 때는 서울 이야기를 자랑하려고 마음속으로 신이 났었다. 그 뒤 동네에서 꼬맹이들과 시비가 붙으면 무조건 이겼다.

"너 서울 가봤어? 서울도 안 가본 게, 그냥 콱!"

천축(天竺)의 신선(神仙) 놀음 20년 세월, 바로 어제 일인 듯 꿈속 같구려.
저 지난 세상에 무슨 공덕 지었길래 금생에 이런 청복 누리나.
보름엔 하늘에서 천상선녀 내려오고 사시사철 설산풍광 물리지 않네.
구태여 무얼 할까 궁리할 때는 다 부질 없고 덧없는 세상이라,
그저 삼시 세끼 족하고 이 한 몸 누일 곳이라면 조선 땅 천축 하늘 분별 않으리.
돌이켜보니 이내 몸은 일찍이도 천축의 설산 나그네 되었네 그려.

3부

천축의
풍찬노숙
(風餐露宿)

인도는 인도다

인도에 첫발을 디딘 해가 1987년이었다. 그때 겪은 끔찍한 더위를 잊을 수 없다. 섭씨 45도. 옴짝달싹 못했다. 그때 성지순례를 위해 왔던 땅이 지금은 내 삶의 터전이요 수행처다.

이듬해 다시 들어와서 이곳 다람살라의 절에 있는 방 하나를 얻어 살기 시작했을 때의 경험은 유별났다. 이곳도 20여 년 전과 비교하면 너무 변해버려서 인도에 있어도 인도에 없는 느낌이다.

인도인들은 눈을 뜨자마자 인도 차 짜이(밀크티)를 마신다. 홍차와 우유 그리고 설탕을 주재료로 쓰기 때문에 우유는 매일 아침 절대 필수품이다. 지금이야 분유나 봉지우유가 나오지만 그때는 배달받는 수밖에 없었다. 집집마다 배달되던 우유는 이 세상에서 제일 신선한 우유였다. 왜냐하면 소를 끌고 와서 문간이나 마당에서 직접 짜서 주었으니까. 지금 생각해도 웃음이 나오는 우유 공급이었다.

요즘도 시장에서는 물건들을 저울로 달아서 판다. 야채나 과일, 곡물은 물론 살아 있는 닭도 저울로 달아서 판다. 한번은 무를 사는데 이파리와 줄기는 안 먹으니 필요 없다고 했더니 길거리 채소장수 하는 말,

"당신은 바나나 살 때 껍질은 빼고 속 알맹이만 사느냐?"

박장대소를 터뜨렸다.

거리 어디에나 거지가 많은데, 그중 동전이 아닌 지폐를 손에 쥐어주곤 하던 장님 거지가 있었다. 어느 날 그곳을 지나는데 누군가 눈에 익은 사람이 돌아앉아 쌀 뉘를 고르고 있었다.

"한지(어르신)!" 하고 불렀더니 뒤돌아본다. 그리고 웃음꽃을 피운다. 가짜 장님이었던 것이다. 둘이 서로 쳐다보며 얼마나 웃었던지. 생각해보라. 장님이 쌀의 뉘를 고르는 모습을!

어찌된 건지 장사꾼뿐만 아니라 거리에서 마주칠 수 있는 인도의 보통 사람들도 거짓말을 잘 한다. 얼굴 맞대고 살면서도 그렇다. 카스트가 아무리 낮은 인도인도 카스트가 없는 외국인보다는 높아서

저자가 출가수행자로서 마음의 스승으로 모시고 있는 인도의 성인 간디.

그런지, 얼토당토않은 거짓말을 시도 때도 없이 해댄다. 더욱 가관인 것은 거짓말이 들통 났을 때 변명은커녕 아예 내놓고 자기가 옳다고 바락바락 우긴다는 점이다.

시장에서 같은 물건이라도 어제 값을 물었을 때와 오늘 값을 물을 때 가격 차이가 크다. 그러니 이놈의 나라에서는 무엇 하나를 살 때도 언제나 흥정을 해야 한다. 무조건 가격을 후려쳐야 한다. 예를 들어,

"이거 얼마요?"

"1만 원이요."

"100원만 합시다."

가게 주인은 아무 생각 없이,

"150원은 줘야지."

이 정도다. 바로 이것이 인도식 상거래법이다. 그리고 한두 번도 아니고 집요하게 흥정해야만 적정 가격에 살 수 있다. 요즘이야 동네마다 슈퍼마켓이나 정찰제 가게도 있으니 큰 문제가 없지만 좌우간에 처음 인도에 와서는 물건을 살 때마다 거듭 생각하고 실랑이를 벌였다.

다람살라에서 몇 년을 지낸 뒤 바라나시의 초전 법륜지인 사르나트에 갔을 때 생긴 일이다. 새벽에 대탑을 돌고 있는데 한 인도인이 다가온다. 그러더니 살짝 부른다.

"헬로우, 디스 앤틱 붓다 스타튜(이거 오래된 불상)!"

그런데 무엇인지 보기도 전에 옷자락 사이로 가슴께에 얼른 넣어 버린다. 뭔가 보려고 하니,

"아게 폴리스(저기 경찰)!"

이미 인도에서 얼추 수업료도 냈고, 또 성지에서 가짜 물건에 뻔질나게 손때를 묻혀 골동품으로 둔갑시켜 팔고 있음을 진작부터 알고 있었다. 심심하던 차에 장난기가 발동했다.

'이놈의 자식, 골탕 한번 먹어봐라.'

관심 있는 체하고,

"하우 머치(얼마냐)?"

대답이 너무 재미있다.

"모닝타임 스뻬샬 프라이스, 뚜 싸우전드 돌라(아침 특별가 2천 불)!"

그러면서 또 얼른 물건을 보여주고는 옷자락에 쏙 집어넣는다.

'너 아침부터 손님 잘못 골랐다.'

그게 어디에서 출토된 물건이냐고 물으니 어젯밤에 저쪽 땅속에서 꺼낸 것이니 빨리 2천 불을 내란다.

"나는 순례자라 그런 큰돈은 없다."

시간을 끌면 저절로 가격이 내려간다. 그러면 1천 불만 얼른 내라고 한다. 아무 말 없이 계속 탑돌이만 하니 자기가 더 안달이다. 이

제는 아예 불상을 내 손에 쥐어준다. 자세히 살펴보니 진흙으로 찍어 구운, 근처 어디에서나 팔고 있는 당시 10루피(3백 원 정도)짜리 불상이다. 어찌나 손때를 묻혀놓았는지 윤이 반짝반짝 나는 게 언뜻 보면 진짜 골동품같이 생겼다.

딴청을 부리며 탑돌이만 하니 저 혼자 알아서 1천 불, 5백 불, 3백 불, 2백 불, 1백 불까지 깎아준다.

"정말 마지막 가격이다. 단돈 1백 불!"

그러면서 살 건지 말 건지 따지듯 묻는다. 얼추 탑돌이를 마칠 시간이 되었다. 인도말(힌디어)로 한마디 했다.

"보드 맹가헤(너무 비싸군)!"

그러자 여태껏 서툰 영어로 별의별 말을 다하던 그 친구는 배시시 웃으며 힌디어로 묻는다.

"당신 인도말 아느냐, 인도에 온 지 얼마나 되었느냐?"

힌디어로 대답했더니 순간 씩 웃으며,

"유 아 마이 프랜드(당신은 내 친구다)!"

아침 첫거래인데 10루피만 달란다. 그래도 가만히 있었더니 어제 5루피에 10개 샀는데 그냥 원가 5루피에 가져가란다. 우리 돈 150원이다. 결국 2천 불로 시작했던 골동품이 단돈 150원으로 떨어진 것이다. 5루피만 내기가 좀 그래서 10루피를 주면서,

"굿 럭 투데이(오늘 행운이 있기를)!"

그 친구도 신났는지 '땡큐' 다.

그 후 한국에 들어갈 때 이 '골동품' 을 예쁘게 포장해서 가져갔다. 인도를 이미 경험한 송광사 원공 스님에게,

"이게 원래 주인이 2천 불 불렀던 골동품 불상인데 자, 스님께 선물! 얼마 주고 샀게?"

살펴보더니 씩 웃는다.

"1달러나 줬소?"

원공 스님 역시 인도 여행 중 수업료를 냈던 경험이 있었기에 그나마 비슷하게 맞춘 것이다.

불단의 탱화 한 점

내 방안의 불단 앞에는 탱화 한 점이 모셔져 있다. 조석 예불은물론 기도하고 절하고 공양을 하거나 예경 올릴 때 꼭 그 탱화 앞에서 향을 사른다.

불단에는 삼존불 불상과 경전, 탑이 가지런히 모셔져 있고 그 앞에 촛불, 향로, 차 올리는 잔, 그리고 그 앞에 일곱 개의 은잔이 놓여있다. 매일 새벽 일곱 개의 은잔에 청수(淸水)를 올리는 티베트식 예불로 하루를 시작한다. 첫 번째 잔부터 청정수, 세족수(洗足水), 꽃, 향, 등불, 청향수, 음식물을 차례로 올린다는 상징적인 예식이다. 그리고 마지막은 실제로는 보이지 않지만 손가락을 튕겨 소리를 내는 음성 공양을 올린다. 이 여덟 가지 상서로운 공양을 올리는 예식을 매일 행한다. 해질 무렵 일곱 개의 은잔에 채웠던 물을 비워 불단 밑에 넣어둔다.

티베트의 모든 가정에는 이런 불단이 마련되어 있으며, 심지어 유목민들의 파오(이동식 천막집)에도 예불을 올릴 수 있는 상징물이 모셔져 있다. 그리고 불단 한쪽에 경전이 놓여 있는데 대개 노란색이나 오렌지색 천으로 정갈하게 싸여 있다. 이것은 부처님께서 설하신 법을 상징한다. 그리고 또 다른 한쪽에 주물로 만든 조그만 불탑이 놓여 있는데, 이것은 승보의 상징이자 부처님 마음의 상징이기도 하다. 그러니 집집마다 불상과 경전, 탑까지 삼보의 상징을 두루 갖추고 있는 셈이다.

불단 밑에는 티베트식 오체투지로 절을 할 수 있는 송판이 마련되어 있는데 일부러 두껍게 만들었다. 여름철에는 그 위에서 자는 게 시원하기도 하거니와 운치도 있다.

이 불단 위에 모셔놓은 탱화는 서양화의 유화 30호 정도 크기이니 그다지 큰 불화도 아니다. 중앙에 석가모니 부처님과 주위에 십육 아라한이 있고, 밑에는 사천왕이, 부처님 좌대 바로 밑에는 빨간색의 무량수 아미타불이 조그맣게 그려져 있다. 그리고 부처님 위쪽 하늘을 배경으로 삼존불이 아닌 티베트 겔룩빠(황교)의 종조인 쫑카빠 큰스님과 양대 제자가 그려져 있다.

이 탱화에는 사연이 있다.

처음 다람살라에 들어와 티베트에서 첫 설을 지낼 때였다. 한 중년 남자가 노인 한 분과 찾아왔다. 부자지간이었다. 그 노인은 오릿사 주의 나병환자 수용소에서 살면서 일 년에 한 번 이렇게 설날에 다녀간단다. 안타깝게도 망명 오자마자 문둥병에 걸려 어쩔 수 없이 법적 절차에 따라 격리 수용된 것이다.

자신을 화공이라고 소개한 그 중년 남자가 부친을 대동하고 내 방을 찾은 이유는 자기 아버지가 나환자 수용소에서 한 달에 얼마씩만 따로 돈을 더 내면 독방을 쓸 수 있는데 그렇게 할 수 있게 도와달라는 부탁을 하기 위해서였다. 큰 비용이 아니어서 그러기로 했다. '깔쌍'이란 이름의 그 노인은 고맙다는 말을 몇 번이나 하면서, 이쪽 사람들의 인사법대로 내 손을 잡고 싶어도 문둥병 환자라 나를 만지지 못하여 그저 흉내만 내던 게 지금도 눈에 선하다.

경제적으로 낙후된 오릿사 주는 동인도 서벵갈 주 아래에 있는데 여름 더위가 유별난 곳 중의 하나다. 우기가 길어지거나 가뭄이 들 때면 수백 수천 명이 죽어나가기도 하는 게 인도의 더위다. 그러니 여름철 여러 명이 한 방에서 북적대는 게 보통 고역이 아니었을 것이다.

설날이면 꼭 찾아왔는데 내 방에 올 때는 늘 바나나만 사왔다. 껍

방에 모셔놓은 탱화.

질을 벗기고 먹을 수 있기에 이것만 사온다는 것을 짐작할 수 있었다. 해를 거듭할수록 얼굴이나 손이 뭉개지는 게 눈에 띄었는데 입근처와 코 주위가 특히 심했다.

몇 년 동안 그렇게 일 년에 한 번씩 만났다. 그러던 어느 날, 설날이 아닌데도 아들이 불쑥 찾아왔다. 아버지의 임종 소식을 전하며 그동안 참으로 고마웠다는 인사말을 거듭했다. 독방을 쓰면서부터 고생이 적었고 돌아가실 때는 그렇게 힘들어 하지도 않으셨다는 이야기를 덧붙였다.

깔쌍 할아버지는 인도 망명 30년을 그렇게 마쳤다. 그 뒤 일 년이 채 안 되어서 화공인 그 아들이 탱화 한 점을 들고 찾아왔다.

"되빠 켄기 두게(마음에 드십니까)?"

요즘 흔히 쓰는 인공물감이 아닌 티베트의 천연물감으로 그려진 채색은 맑고 힘차 보였다. 자기 아버지를 후원해준 보답으로 이 탱화를 그렸다며 각 부분을 설명해주는데, 석가모니 부처님 밑에 그려둔 빨강 아미타불은 내가 오래살기를 바라는 마음에서 자기가 그냥 그려 넣었다고 한다.

십육 아라한과 함께한 석가모니 부처님의 좌정 구도나 여러 배경이 마음에 들었다. 그림에 대한 보답을 어찌했으면 좋겠는지 말하라고 하니 펄쩍 뛴다. 그냥 받으란다.

얼마 지난 후 개인적으로 달라이 라마 존자님을 뵐 때 이 탱화에 대한 점안과 당신 사인을 받을 기회가 있었다. 쭉 펴보시더니 누가 그랬냐며 한국에도 십육 아라한의 전통이 있는지 등을 물으셨다. 그리고 원래 티베트불교에서 아라한은 신앙이 없다가 중국의 영향으로 후에 티베트에서도 생겼다고 말씀하셨다.

불행히도 그 아들 화공도 몇 해 지나지 않아 세상을 버렸다고 한다. 지금도 가끔씩 이 탱화를 볼 때면 그 화공 부자가 생각난다.

가슴에 새겨진 그림들

어려서부터 그림에 재미를 붙였다. 만화책을 읽다가도 멋진 그림이 있으면 흉내 내어 그려보곤 했다.

학창시절 특별활동 부서로 꼭 미술부를 선택했고 전국 미술실기대회가 열리면 어디든 쫓아다녔다. 수업 빼먹고 학교를 벗어나는 것 자체가 얼마나 신나는 일이었던가. 대학 1학년 때 전국 대학생 미술전에 출품했던 내 그림은 전국 순회 전시회의 단골이었다. 그러나 학교를 다른 데로 옮긴 이후에는 붓을 잡는 시간보다 책과 씨름하는 시간이 많아졌다. 1972년 10월 유신과 함께 붓을 놓아버린 꼴이다.

그래도 배운 게 도적질이라고 어디를 가나 전시회장으로 발걸음이 저절로 옮겨진다. 학생들 전시회에도 자주 간다. 인도에서도 제일 먼저 찾는 곳은 미술관이나 박물관이다. 대만이나 중국에서도 마찬가지다. 거기에 있는 동양화의 한적한 멋은 서양화와 다른 독특한 맛이 있다. 서예도 그렇다.

그러다 보니 언제부터인가 그림이나 글씨, 조각 등을 보고 있으면 그 작가의 혼이 느껴지기 시작했다. 좌우지간 예전에 못 보던 작가의 진실한 혼이 작품에서 보이기 시작한 것이다.

지금까지 많은 그림을 보아왔지만 마음이 사로잡히고 발걸음이 떨어지지 않았던 그림은 많지 않다. 그냥 그 앞에서 넋을 잃고 쳐다본 작품이 더러 있긴 하다.

방글라데시의 수도 다카를 찾았을 때, 국립박물관 부속전시실에는 작고한 어느 화가의 그림이 전시되어 있었다. 그 그림 때문에 감시원에게 의심을 받기도 했다. 한나절 동안이나 꼼짝 않고 그 앞에 앉아 있었으니까. 화가의 이름은 기억나지 않는데 작품 이름은 〈빈곤Poverty〉이었다. 유화 풍경 10호 정도의 소품에 검정 물감 한 가지로 그린 그림에는 한 거렁뱅이가 얼굴을 저쪽으로 하고 누워 있었다. 그 옆에는 뼈가 앙상한 개가 고개를 숙이고 졸고 있었고 동냥 깡통 위에 앉은 까마귀란 놈이 뭐 먹을 게 없나 하고 깡통 안을 보고 있었다.

이후 방글라데시를 다시 방문했을 때 일부러 찾아가서 그 그림을 다시 보았는데, 지금도 눈에 선하다. 거지도 자고 개도 조는 사이, 동냥 깡통 위에 날아와 앉았다 가는 도둑 까마귀라. 어찌도 그리 잘 표현했는지……. 거기에는 배고픔이며 온갖 고된 삶의 풍경이 고스란히 배어 있었다.

남인도 트리반드룸의 치뜨라 아트갤러리(Chitra Art Gallery)에서 본 그림도 기억난다. 아마 그 작가는 인생을 편히 살았는지, 그림이 다 그렇게 보였다. 그런데 유독 두 그림이 재미났다. 제목이 '목적지(Destination)'였는데, 사막에서 낙타를 끄는 대상이 저쪽 멀리 떨어진 오아시스를 보고 있는 그림이었다. 낙타나 대상의 모습에서 '이제는 살았네!' 하는 안도감이 느껴졌다.

다른 그림은 제목이 '월출(Moon Rising)'인데도 그림 속에 달이 없었다. 그러나 칠흑같이 검은 밤 히말라야 설산의 실루엣을 멋지게 처리하여, 보는 이로 하여금 지금 설산 뒤쪽에 둥근달이 환하게 떠오르고 있음을 상상하게 했다.

지난번 유럽에 가서 주로 수도원에서 머물면서 자주 가본 곳도 미술관과 박물관이었다. 사실 그 많은 미술관에서의 작품들은 탁했다. 피카소의 그림들은 정말 탁하고 탁하여 보기 거북했다. 일부러 바르셀로나의 피카소기념박물관을 찾아갔지만 실망이 컸다. 그 후

이름 있는 미술관에서 마주한 피카소 그림들도 탁하기만 했다

고흐의 그림들, 막말로 장님도 알아본다. 진하고 강하다. 루브르 박물관에는 미술사에서 배운 빼어난 화가의 작품들이 널려 있었다. '왜 이리 작지' 라는 첫인상을 받았던 모나리자 그림은 사람들이 늘 붐벼서 오래 볼 수 없었다. 작가가 누구인지 몰라도 〈나폴레옹 대관식〉이라는 무지하게 큰 그림 앞에서는 그냥 깔깔대고 웃었다. 축복하러 끌려 나온 고위 성직자들의 모습, 어찌 웃음이 나오지 않겠는가. 나폴레옹은 왜 그리 작고 못생겼는지. 무수히 보고 듣던 유명한 그림들을 보는 재미가 보통이 아니었다. 점심을 밖에서 먹고 다시 들어가 볼 수 있어 진종일 그 그림들만 보았다.

그래도 역시 최고의 그림은 밀레의 작품이다. 얼마나 맑고 소박하고 좋은지. 그냥 눈물이 쏟아질 정도다. 유명한 〈이삭줍기〉 앞에서는 꼼짝도 못했다. 오전과 오후 내내 작품 앞에 앉아 있었다. 고맙고 고마운 작품이었다. 내 방에는 복사본이지만 밀레의 〈이삭줍기〉와 〈만종〉이 걸려 있다.

'밀레, 당신은 고결하고 착한 인생을 사신 분입니다.'

피렌체의 한 수도원에서 봤던, 벽에 걸린 실물 크기의 복사본에는 라파엘의 성모자, 즉 아기예수와 성모 마리아가 그려져 있었다. 여기서도 성모님의 마음을 읽을 수 있었다.

'고맙습니다. 이렇게도 따뜻하고 아름다운 그림을 남기신 이여!'

방에 걸어두고 항상 함께 하는 밀레의 〈이삭줍기〉. 오르세미술관 소장.

인도에 돌아온 후 그 그림들 생각이 나서 그곳을 안내해주신 신부님에게 성모자 그림의 복사본을 받아 지금 내 방에 걸어두고 있는데 어지간한 크기라서 벽 한 면이 꽉 찬다.

어느 분에게 라파엘의 성모자는 항상 소장할 만한 그림이라고 말했더니, 스님 마음이야 알겠지만 종교적 편견으로 스님 욕하는 사람 많을 터이니 조심하라고 하신다.

아니다. 내 조용한 처소에는 늘 불화와 함께 그 그림을 꼭 모셔둘 것이다.

몇 년 전 인사동의 한 화랑에서다. 8호 정도의 진달래 그림 앞에서 발을 멈춘 적이 있었다. 묘한 슬픔, 인생의 숨은 이면의 처절한 고뇌가 보였다. 이틀을 찾아갔다. 똑같다. 왜 이럴까? 비애가 깃든 그림이다. 참다 못해 그 작가에 대해 물었다. 척추장애를 가진 신체마비 여성작가가 입으로 붓을 물고 그려낸 그림이란다. 더 이상 이야기를 나누지 못하고 돌아 나온 적이 있었다.

요즘은 그림, 서예, 조각 그리고 사진 전시회가 많이 열린다.

놀라운 기교, 아름답다. 좋다. 그러나 대부분의 작품들에는 그 작가의 맑은 영혼이 없다. 예술가도 수도자처럼 맑은 영성을 지녀야 참으로 좋은 작품을 생산할 수 있으리라.

잊을 수 없는 거지

인도 어디를 가나 거지가 있다. 보통으로 있는 게 아니라 많다. 그들 대부분은 태어나면서부터 거지다. 부모가 거지면 당연히 자식들도 거지가 된다. 이것이 인도 사회의 카스트제도다. 누가 이것을 바꿀 수 있을까! 유명한 관광지나 종교적 성지 등 명승고적지에는 유독 거지들이 더 많다. 하긴 벌이가 다른 곳보다 낫겠지.

요즘은 거지 양상도 많이 변했다. 휴대전화도 있고 아예 TV까지 싸들고 철따라 이 넓은 인도 천지를 누빈다. 어떤 거지 가족은 정확히 일 년 달력을 만들어 살아간다. 이곳의 티베트 설날이나 초파일에는 몰려든 거지 떼로 어디 발 디딜 틈도 없다. 얼추 한 달이나 되는 이 기간 동안 아예 솥단지를 걸어놓고 살림을 차린다. 이렇게 철 따라 오가는 철새형 거지들도 많지만, 비가 오나 눈이 오나 일 년 내내 자기 자리만 지키는 정주형 거지도 있다. 그 거지가 찜해둔 자리는 다른 거지가 앉을 수 없다. 불문율이다. 거지들이라도 자기들 나름의 법이 있다.

잊을 수 없는 거지들이 있다.

북인도 우따르 뿌라데시 주에 있는 쉬라바스띠라는 성지를 찾았을 때다. 이곳은 부처님께서 스물다섯 번의 우안거(雨安居)를 나셨던, 우리가 '기원정사'라 부르는 곳이다. 그곳을 참배하러 가기 위해서는 빠람뿌르라는 역을 거쳐야 한다. 하도 규모가 작은 역이라서 협궤 노선에 구닥다리 증기기관차가 하루 두서너 차례 오가는 곳이다.

열차를 기다리는데 맨발의 넝마옷, 찌그러진 동냥 그릇을 들고 비쩍 마른 거지 노파가 다가왔다. 물끄러미 쳐다볼 뿐 아무 말이 없다. 그저 쳐다본다. 나도 그냥 쳐다봤다. 그런데 그 거지 노파가 성녀의 모습으로 보이는 것이다. 순간 그 자리에 얼어붙어 버렸다. 거지를 만났을 때, 늘 하던 버릇처럼 지갑을 열고 동전을 찾을 수 없었다. 결국 한 푼도 적선하지 못했다.

그날 해거름 즈음 기원정사에 들어갔지만 별의별 사념이 꼬리에 꼬리를 물었다. 그때가 12월이어서 제법 싸늘했는데 이래저래 밤잠을 설쳤다.

얼추 십 수 년이 지났건만 그때 그 모습이 지금도 또렷이 그려진다. 그때 일을 떠올릴 때마다 마치 무슨 큰 잘못을 저지른 것처럼 마음이 편치 않다. 이후에 하도 마음의 짐이 되어 어느 공부한 스님에게 그 사연을 말씀드렸더니 앞으로 적선할 때 꼭 그 거지 노파를 연상하란다. 아무리 그래도 그 얼굴과 눈빛은 지금도 지워지지 않고 또렷이 남아 있다.

잊혀지지 않는 또 다른 거지와의 만남은 1993년 베이징 천안문광장에서다. 천안문 사태, 피비린내 나던 민주화 항쟁의 흔적이라도 찾을 양으로 그 큰 광장을 배회하고 있을 때였다. 한구석에 낡아빠진 인민복 차림의 노인이 빛바랜 누런 종이를 펴놓고 앉아 있었다. 그 누런 종이는 장정을 같이 했던 소년병에게 모택동이 직접 써준, 붉은 별의 도장이 찍힌 공로장 정도의 상장이었다. 종이 옆에는 따로 써둔 글이 있었는데, 내용을 보니 자기는 국가와 인민을 위해 대장정까지 하면서 싸웠지만 지금은 먹고살 길이 없는 늙은 거지가 되었으니 도움을 청한다는 것이었다.

중국이 아무리 가짜 상품이 많은 나라라지만 그 노인의 진지한 모습과 누런 종이는 가짜가 아닐 것이라는 생각이 들었다. 그런데도 선뜻 1위안짜리 인민폐 한 장도 드리지 못했다. 공산당이 싫어서

히말라야 순례길에 어느 산골에서 만난 일가족과 함께.

도 아니고 중국이 싫어서도 아니었다. 꽤 오랫동안 그분을 응시하며 곁에 앉아 있기도 했는데 그냥 쳐다보기만 했다. 그러다 끝내 그 자리를 떴다.

그날 밤 그 노인의 모습이 뇌리에서 지워지지 않았다. 상장과 호소문을 읽던 나를 주시하던 모습이 시간이 흐를수록 점점 더 선명하게 다가오는 것이었다.

'내일 일찍 가서 그 노인에게 무언가 적선이라도 해야지.'

스스로를 위로하며 잠을 청했다. 이튿날 아침 시내버스를 타고 천안문광장으로 다시 갔다. 반나절이나 광장 주위를 배회하며 그 노인을 찾았지만 다시 만날 수 없었다. 지금도 천안문광장의 그 거지 노인의 모습은 지워지지 않고 가슴속에 남아 있다.

빠람뿌르 간이역의 거지 노파와 천안문광장의 거지 노인의 영상이 떠오를 때면 마음이 편치 못하다. 큰 죄를 지은 느낌이다.

이후 어디에서나 거지와 마주치면 주머니로 손이 간다. 지금 이곳에서 자주 마주치는 거지와는 인사까지 나누며 지낸다. 개인적인 부탁도 받는다. 그런 부탁까지 하니 때로는 고맙기도 하다. 부탁한 것은 거의 다 들어주는 편이다. 한편으로 '내가 인도를 떠나고 나면 어쩌지' 하는 걱정도 미리 해본다.

겐 틴레 스님의 시계

아주 구닥다리 손목시계를 차고 있다. 아침마다 일어나서 '너도 배고프지' 하면서 태엽을 감아준다. 어렸을 적 우리는 태엽 감는 것을 '시계에 밥 준다'고 했다. 이 시계도 아침마다 밥을 주어야 하는 옛날 시계다. 일주일에 5분 정도 늦어지지만 별 탈 없이 잘 간다. 물이 들어가면 뿌옇게 되지만 곧잘 마른다.

이 시계는 원래 한 티베트 노스님께서 일생 동안 찼던 것이다. 1995년 12월 8일 오후 5시, 그분의 마지막 임종을 지켜보고 화장과 뒷정리를 마친 후 내가 가지게 됐다.

그분은 겐 틴레 스님이었다.

티베트에서 어렸을 적 출가하여 쎄라 곰빠에 계시다가 1959년 중국의 티베트 침략 때 인도로 넘어오셨다. 막상 인도로 넘어오셨다지만 어디서 먹고 잘 수 있겠는가. 그래서 인도 군대에 지원하셨다. 1971년 인도-파키스탄 전쟁에서는 방글라데시 전투에 참전하신 적도 있다. 전투 중에 약간의 부상을 당하셨다고.

얼추 15년간 군 생활을 했을 즈음 인도에서 망명 티베트 승가가 조금씩 틀을 잡아가자 다시 승가로 돌아오셨다. 그러다 뜻이 있어 대중생활을 떠나 히말라야 산중에 움막을 짓고 수행자로서 모진 난행고행의 수행에 들어가셨다.

이런 외딴 곳의 수행자들에게는 보통 일가친척 등을 비롯한 개인 후원자들이 있는데 이 스님에게는 그런 호강이 없었다. 망명 나온 이들 중에 그 어떤 먼 친척도 없었기 때문이다.

나이 앞에 장사가 없다고, 토굴에서 혼자 사시는 것이 한계에 이르자 이쪽 다람살라의 티베트 난민촌에 방 한 칸을 얻어 살기 시작하셨다.

그때부터 한 스님의 소개로 혼자 살아갈 수 있을 정도의 후원을 하게 되었다. 그러나 이 후원은 길게 지속되지 못했다. 3년도 채 안 되었으니까.

어느 날 눈이 침침해서 잘 안 보인다며 찾아오셨다. 함께 안경점에 갔지만 시력이 나빠서가 아니라 다른 문제가 있는 것 같다며 병원에 가보란다. 병원에 갔지만 뚜렷한 원인을 찾지 못했다. 나중에 알고 보니 25년 전 방글라데시 전투에서 눈에 입었던 상처가 지금 와서 암이 되었다는 것이었다. 통증도 문제였지만 얼굴 모양이 이상하게 바뀌어갔다. 처음에는 눈이 부어오르더니 눈에 띄게 얼굴이 부으면서 기형적으로 뒤틀렸다. 병원에서도 속수무책이었고 인도인 집주인은 방을 빼란다. 자기 집에서 사람이 죽어나가는 것을 보기 싫다는 것이었다. 어쩔 수 없이 티베트인이 운영하는 비교적 값이 싼 여관에 방을 구한 뒤 시봉해줄 스님 하나를 얻어 수발을 들게 했지만 얼마 지나지 않아 금생을 마감하셨다. 채 70도 되지 않은 나이였다.

이곳 티베트 풍습에 따르면, 누가 죽으면 큰스님을 찾아가 장례(다비) 일정을 묻는다. 티베트에서는 조장(鳥葬)을 하지만 여기서는 보통 3일장으로 장례를 치르고 마지막에 화장을 한다. 그런데 이 스님은 다음날 새벽에 해야 좋다는 괘가 나왔다. 인연 되었던 스님들과 함께 모여 기도한 후 시신 옮기는 문제 등을 상의하고 화장까지 같이 해주길 바란다며 미리 보시와 사례를 넉넉히 했다.

이튿날 새벽, 아직 동트기 전이라 사방이 어두웠다. 화장막에 얼추 5시에 도착해보니 이미 불빛이 환했다. 가까이 가서 보니 그저 장작 위에 시신만 불타고 있었다. 아무도 없었다. 이미 챙길 것을 다 챙겼으니, 불만 댕겨놓고 가버린 것이다.

같이 하기로 했던 스님과 인부들의 상식 이하의 처사에 화가 치솟았다. 별의별 생각이 다 들었다.

'만약 지금 여기서 내가 죽어도 이 꼴이 나겠지. 아니 이보다 더 험하게 끝날 수도 있겠지. 하긴 이 몸뚱이 하나 없어지면서 남에게 피해 안 주고 깨끗이 무너지는 것도 출가 수도자의 멋진 마지막이기도 하겠지…….'

서너 시간이 지나자 시신은 뭉개져 사라졌다. 장작불도 모두 재로 변했다. 그때 홀로 겐 틴레 스님의 시신을 다비하면서 제행무상(諸行無常)을 뼈저리게 느꼈다. 어디서 어떻게 죽더라도 이 몸 또한 이런 식으로 간편하게 끝내는 것이 좋을 성 싶었다.

오늘 아침에도 시계에 밥을 주었다. 시계의 원래 주인인 겐 틴레 스님을 생각하며.

당카르 곰빠 스님들의 소원

스피티 계곡은 이곳 히마찰 쁘라데시 주에 속한 지역이다. 원래 티베트 문화권이어서 그런지, 종교나 풍습 등은 티베트와 거의 같다. 말도 티베트 표준어인 라싸어에 사투리가 좀 심한 정도인데 외지 물이 든 티베트 본토나 라닥의 수도 레와 달리 아직도 오지 중의 오지로 남아 있다.

더러 여행객들에게 그곳을 추천하는 이유는 자연 풍광의 황량함과 옛 곰빠의 모습이 그대로 보존되어 있다는 이유도 있지만, 무엇보다 밤하늘의 별 때문이다.

어떻게 표현해야 좋을지……. 밤하늘에 빈자리보다 별들이 더 많다고 할까. 특히 해발 4205미터의 키베르 마을에서 보는 밤하늘은 놀라운 장관이다. 티베트 창탕 고원을 비롯한 고원고산, 고비 사막 등의 대사막에서 올려다본 밤하늘의 별들도 이곳의 별들과 겨눌 수 없다.

2000년 키베르 마을에서 약 10킬로미터 아래에 위치한 키 곰빠에서 달라이 라마 존자님이 집전하는 까라짜끄라 법회가 보름 동안 열렸다. 존자님께서 주무시던 키 곰빠는 늘 경비가 삼엄하여 출입증을 지참한 행사 요원들만 드나들 수 있었다. 운이 좋아서, 정확하게 이야기하자면 존자님께서 대중들 앞에서 마이크로 '꼬레아 겔롱(비구)'을 하도 자주 찾으셔서 행사 요원이 아니었음에도 이 곰빠에서 지낼 수 있었다. 물론 출입증도 발급받았다. 그런데 밤에 숙소로 돌아갈 때면 출입문을 지키는 인도 경찰들이 술에 취한 채 자고 있었다. 한켠에 총을 내려놓은 채.

'이럴 바에 출입증은 왜 발급했냐.'

그 곰빠에서 계곡을 따라 약 50킬로미터 위쪽으로 더 올라가면 당카르 곰빠가 나온다. 지금은 인도 정부에서 만들어준 찻길이 나서 그 아래 마을까지 쉽게 갈 수 있지만 그 마을에서부터 당카르 곰빠까지 근 10킬로미터는 걸어 올라가야 한다.

당카르 곰빠는 해발 3910미터의 높은 산등성이에 위치해 있는데,

어찌 그리 아슬아슬한 벼랑 끝에 건물을 지을 생각을 했는지 모르겠다. 항상 '유리의 성'이라는 별명을 붙여 부르는데 동화책에나 나올 법한 모습이다.

라닥이나 스피티 계곡의 공통점은 자연 환경이 워낙 혹독하다 보니 무엇 하나 제대로 자라는 게 없다는 것이다. 덕분에 현주민들은 최소한의 생활만 꾸릴 수 있다. 달리 말해 가난해 빠졌다는 뜻이다.

이빨이 다 빠진 합죽이 노스님부터 사미승까지 오륙십 명의 스님들이 상주하는 당카르 곰빠의 처지도 별반 다를 게 없다. 묘하게도 이 곰빠에는 이름 있는 린뽀체도 없고, 하다못해 주지도 없다. 그냥 일반 스님들만 모여 가까스로 불법을 공부하고 있다.

이 곰빠와 이전부터 인연이 이어져왔는데 2000년에는 까라짜끄라 법회를 마치고 제법 오랫동안 머물렀다. 막상 다시 다람살라로 돌아갈 때가 되자 그냥 헤어지기 서운했다. 아침 공양을 함께 하던 소임자 스님에게 뭔가 해드리고 싶다는 말씀을 드렸다. 뜻밖에도 당신들의 소원은 고기만두를 실컷 먹어보는 것이란다.

처음 들었을 때는 의아했다. 아무리 직접 짐승을 잡지 않는 경우 육식을 금하지 않는 게 티베트 승가의 전통이라지만 출가자가 대놓고 고기를 탐하다니. 잠시 생각해보니 고개가 끄덕여졌다.

'그렇구나. 그래! 곰빠가 얼마나 가난했으면. 늘 짬빠(미숫가루)나 뚝빠(수제비), 짜빠티(얇은 빵)에 달(인도 콩죽)만 먹고 살았으니! 사람

의 기본적인 욕망 중의 하나가 먹는 일인데 오죽했으면 소원이 양고기 만두 한번 실컷 먹어보는 것이겠는가.'

당장 고기만두를 만들기로 했다. 그곳 중심소재지인 까자까지 가서 양고기와 밀가루 등을 살 수 있는 경비를 드렸다.

그날 오후는 잔치였다. 오륙십 명의 스님들이 총동원되어 만두를 빚기 시작했는데, 요란하기도 하다. 물 나르고, 밀가루 반죽하고, 양념에 쓸 야채 썰고 다지고, 양념장 만들고, 장작불 피우고, 찜통 꺼내다 씻고 닦고……. 그날 오후 내내 양고기 살을 발라 잘게 다지는 도마 소리가 그치지 않았다.

이튿날 점심식사 준비가 다 되었다는 기별이 와서 식당이 아닌 법당으로 갔다. 세상에! 산더미 같은 만두가 법당 천장까지 쌓여 있었다. 날을 새워가며 쪘다는 것이다.

'아이고, 이걸 누가 다 먹어. 아무리 공짜라지만 좀 무식도 하네.'

공양게를 올리고 먹기 시작, 그런데 얼마나 많이 만들어놓았는지 아무리 먹어도 양은 줄어들지 않는다.

'도대체 이 걸신 들린 양반들은 남은 걸 어쩌려고 한꺼번에 이렇게도 많이 만들었나! 좀 나눠 만들어 잡수시든가 하시지.'

한참 후, 다 드셨나 보다. 아직도 쌓여 있는 만두를 어찌할지 걱정하고 있는데, 얼마 후 기우에 불과했음이 밝혀졌다. 소임자 스님이 뭐라 뭐라 하는 소리에 맞춰 모두 자기 품안에서 보자기 한 개씩을

히말라야 스피티 계곡, 해발 3910미터의 높은 산등성이에 위치한 당카르 곰빠(사원).
동화에 나오는 '유리의 성'이다. 저자가 붙인 이름이지만.

꺼냈다.

"니슈(스무 개)!"

제각기 펴놓은 보자기에 만두를 스무 개씩 담는다.

"양까르 니슈(또 스무 개)."

계속, "쭈(10)", "둑(6)", "응아(5)", "쑴(3)", "찍(1)."

맙소사! 그 많던 만두 산이 없어졌다.

"이걸 어떻게 하려고요?"

"꼬레아 겔롱라 도체체(한국 비구 스님 고맙습니다)! 남은 것은 방으로 가져가서 내일도 먹고, 모레도 먹고, 글피도 먹을 겁니다."

오늘뿐 아니라 내일도 모레도 글피도 계속 먹을 수 있는 '양고기 만두 공양'을 올린 셈이다. 흐뭇하고 고마웠다.

사실 티베트 승가에서는 금육식의 계율이 매우 느슨하다. 여기서 티베트 스님들과 함께 공양을 올릴 때는 그들의 전통을 따르는데 티베트는 고산지대라서 곡물이나 야채 중 구할 수 있는 품목이 한정되어 있다. 고기가 주식이고 보리가루가 거의 유일한 곡물이기 때문에 육식을 금했다가는 우선 생존에 문제가 생긴다. 다만 금주는 철저하게 지킨다. 하긴, 먹고살 곡물도 부족한데 술 담가 먹을 게 어디 있겠는가.

이 고기만두 공양이 있은 뒤 아예 해마다 양고기 만두 빚을 비용과 겨울 난방에 쓸 장작 값을 꼭 챙긴다. 초지가 거의 없는 그쪽에서는 양고기 값도 한 배 반이나 비싸서 만만치 않은 비용이 든다. 직접 갈 때가 많지만 못 가게 되면 인편으로나마 부친다. 장작은 아래쪽에서 구해오는데 국경을 지키는 인도 군부대에서 이윤 없이 대준다. 작년 9월에는 직접 올라갔었는데 약품이나 돋보기 등도 따로 챙겨드릴 수 있었다.

가끔 겨울이 되면 '나도 그 눈 덮인 적막강산에 들어가 한철 살아볼까' 하는 생각이 든다.

말이 겨울 한철이지, 해발 4551미터의 뀐좀라 고갯길은 이듬해 6월에야 열린다. 눈이 많이 내린 해는 얼마나 오랫동안 고갯길이 막혀 있을지 아무도 모른다. 생각해보라. 천지가 하얀 눈 속에 파묻힌 밤, 환한 별빛과 달빛 속의 그 고요함을, 가끔은 바람 우는 소리가 들리는 그 풍경을.

복잡한 조선 땅을 떠나 그런 고요 속에서 일 년이나 몇 달쯤 지내볼까 생각하시는 분이 계실까. 일단 그곳에 가면 우선 고산병으로 인한 호흡 곤란과 빈약한 먹거리를 견뎌야 하고, 전기와 전화 등 현대 문명의 이기(利器)들과는 완전히 작별해야 한다. 만약 이런 곳에서 지내고 싶어하는 분이 계시다면 대환영한다. 다만 좀 오랫동안 버티시기를 빈다. 이 세상에 이런 곳도 있다는 것을 경험하게 되리라.

아래의 시는 꽤 오랫동안 당카르 곰빠에서 머물며 정진하던 도반 스님이 보내준 것이다.

_스피티의 밤 별

나는 대지의 역사를

온몸으로 노래하는

탁한 잿빛 강물이

소리치며 흐르는

황량한 스피티의

감청빛 밤하늘이 좋다.

그리고

희미한 등불 아래

태초의 적막감이

전신을 감싸주는

엄마의 품속 같은

텅 빈 밤이 좋다.

깊은 밤

참깨 알처럼 쏟아지고

수정 알처럼 반짝이는

검푸른 하늘 속의

헤일 수도 없이 많은

밤 별들이 나는 좋다.

또 자꾸만

나를 나를

하늘 위로 부르는

해탈자의 형안 같은

영롱한 밤 별들의

눈빛을 타고 오는

하늘 소리가 나는 좋다.

*주먹만 한 별똥별 하나가 하얀 꼬리를 달고 검푸른 허공 속을
화살처럼 흐르는 적막한 밤에

스피티의 당카르 곰빠에서 2001년 7월.

1백 권의 책을 권하며
드는 생각

4남 1녀의 자녀를 둔 부모님 덕분에 조카들이 무려 12명이나 된다. 얼굴 보기도 힘든 처지라 무언가 해줄 게 없나 고심한 끝에 1백 권의 책을 추천해준 적이 있었다. 철학, 종교에 관련된 전문 학술서적이 아닌 서정적이랄까, 가슴 뭉클한 책들이 대부분이었는데도 제대로 읽는 놈이 없었다. 이유는 공부하느라 바쁘다는 것이다. 책을 읽는 게 공부지 무엇이 공부란 말인가.

생각해보니, 아주 어렸을 때부터 동화책부터 위인전까지, 그리고 중학교 들어가서는 탐험 소설과 순정 소설 등을 읽었던 것 같다. 물론 당시 책을 사서 본다는 것은 어림도 없었다. 주로 학교 도서관에서 빌려 보았다. 위로 셋이나 되는 형들이 가지고 있던 책을 무작정 따라 읽기도 했다.

책을 읽다가 처음으로 눈물을 줄줄 흘렸던 게 아마 초등학교 3학년 때였을 거다. 문고판 《불타전》이란 책이었다. 부처님의 고행하는 장면, 기운이 없어 물살에 실려 떠내려가다 갈댓잎을 잡고 올라와 수자타가 준 우유죽을 얻어먹던 대목에서 그렇게 눈물이 쏟아졌다. 초등학교 4학년 때인가는 뭔 내용인지도 모르고 《바람과 함께 사라지다》를 읽었던 게 기억난다.

초등학교 졸업식을 마치고 중학교에 입학하기 전으로 기억된다. 당시 동네에 제법 서가를 갖춘 아저씨 한 분이 계셨는데 어쩌다가 그 집을 알게 되었다. 거의 한 달 동안 그 집에 있던 한국 야담전집 10권을 다 읽었다. 각 권이 꽤 두꺼웠는데 고조선 한 권, 고구려, 신라, 백제 각 세 권씩 되어 있었다. 한 권을 읽고 나서 다시 책을 빌리러 가면 주인아저씨가 웃음 띤 얼굴로 다음 책을 뽑아주셨다. 그 아저씨 눈에 어린 꼬맹이가 꼬박꼬박 책을 빌리러 오는 게 기특해 보였나 보다.

고1 때다. 하숙방에서 《로미오와 줄리엣》을 읽고 곧장 고향집으로 돌아갔다. 명색이 장학생으로 입학했다고 동네 구판장에서 술잔치를 벌이셨던 아버지는 저녁 밥상머리에서 조용히 물으셨다.

"너 누구하고 싸웠냐?"

늘 착하기만 하던 막둥이가 일요일도 아닌데 집으로 찾아왔으니 걱정하실 만도 했다. 로미오가 너무 불쌍해서, 따라 죽은 줄리엣이 너무 불쌍해서, 세상이 너무 슬퍼서 그냥 집으로 왔다는 말씀도 못 드리고 다시 학교로 돌아갔다.

대학 2학년 여름방학, 벌써 근 40년 전이구나. 두 달 동안 노벨문학상이 수상되던 1901년부터 그해까지의 노벨문학상 전집을 독파한 적이 있었다. 마음 단단히 먹고, 잠자는 시간 네 시간을 제외하고는 책만 읽었다. 식사 시간에도 책을 들고 다니다가 본당 신부님에게 심한 꾸중을 들었던 적도 있었다. 군에서 첫 휴가를 나왔을 때, 《천국의 열쇠》를 읽으며 울었던 게 기억난다. 얼마 전에 한 지인이 보내주어서 이곳에서 다시 읽을 기회가 있었다. 역시 좋은 책이다.

부끄럽게도 출가 후 지금까지 난행고행의 시간보다는 책을 읽는 데 더 많은 시간을 축냈던 게 아닌지 싶다. 업력인지, 책만 잡으면 편하고 좋다. 지금이야 경론 등 불서를 많이 보지만 다른 분야의 책도 보고 싶은 게 생기면 꼭 구해서 보는 편이다.

어쩌다 한국에 갈 기회가 있으면 우선 그동안 읽고 싶었던 책부터 두어 박스 배편으로 먼저 보낸다. 사실 이곳에 있으면서 모국어로 된 좋은 책들을 구하기 어려운 게 아쉽다.

속독에 도가 터서인지 어지간한 장편소설도 하루면 읽는다. 날밤을 샐 때도 많았는데 이제는 나이 탓에 기운이 딸려 그러지는 못한다. 어쩌면 밤 10시 취침, 새벽 4시 기상이 몸에 배어서인지도 모르겠다.

개인적으로 한국 문학작품들을 좋아하는데 황순원 선생님의 글을 특히 좋아한다. 너무 아름답다. 한국적이다. 우리나라에 이런 훌륭한 작가 분이 계셨다는 게 자랑스럽다. 이광수의 글도 좋다. 어렸을 적 양부모 타계 후 자신에 대한 회상은, 파란만장했던 식민지 지식인으로서의 삶의 공과를 떠나 이광수라는 한 개인의 인간적인 면모를 엿볼 수 있어 좋다. 또 고은 씨의 글도 좋다. 특히 유신 이후 쓴 《한국의 지식인》이란 책은 당신의 문학사적 변모의 시기에 겪었던 지식인의 고뇌를 느낄 수 있어 좋다. 다른 작가들과 달리 이 두 분의 개인적인 삶을 조금이나마 알 기회가 있었기 때문에 특별히 좋아하는지도 모르겠다.

서양 쪽의 책은 철학과 일반교양서도 읽지만 소설들을 많이 보는 편이다. 도스토예프스키의 《카라마조프의 형제들》은 여러 번 읽고 또 읽었다. 소설은 역시 러시아 작가들이 잘 쓴다. 생각해보니 20대부터 재독해왔던 게 헤세의 《싯다르타》이다. 어찌 그리도 읽을 때마다 다른지. 아마 대여섯 번은 족히 읽었을 것 같은데 늘 새롭다. 헤세는 수도자 같다.

이곳에 여행이나 순례 오시는 분들과 인연이 되면 머무는 동안 가볍게 읽을 책들을 서가에서 뽑아준다. 인도나 티베트, 불교 철학, 경론 등에 관한 책이 주종이지만 방문객의 처지에 따라 다르다. 성직자 분들에게는 다른 책을 추천하기도 한다. 나중에 좋은 책을 읽을 수 있는 기회를 주어서 고맙다는 인사를 종종 듣는다.

죽기 전에 꼭 다시 읽고 싶은 책 한 권을 꼽아본다. 박경리 선생의 《토지》가 제일 먼저 생각난다. 그분의 대단한 삶과 열정이 책 곳곳에 배어 있다.

앞으로도 읽을 책, 감동받을 책들이 많을 테지만 항상 못 읽은 책들이 많아 아쉽다. 좋은 책을 늦게 읽고서 뿌듯한 기분에 들뜨는 때도 종종 있다. 그중에 최근에 읽은 책은 황석영의 《장길산》이다. 혹자는 벽초 홍명희의 《임꺽정》의 아류라고 하지만 나름대로 글맛이 다르다.

더러 젊은 방문객에게 묻는다.

"인생에서 가장 감동받은 책은, 남에게 권할 책은 무엇인가?"

질문이 너무 뜬금없어서인지 스물에 한두 명만 대답하고 나머지는 그렇지 못한다. 왠지 아쉽다.

젊은이들에게 책 읽는 습관을 가지도록 간절히 권한다. 물론 당장 눈앞의 이익이 될 정보를 담고 있는 책이 아닌 고전을 읽기를 권한다. 현대인은 '머리만 크고 가슴이 없다'라는 말마따나, 지식만 쌓으려면 인터넷으로도 충분하기 때문이다.

가끔 지인들이 시중의 유명한 책들이라고 보내오는데 읽고 나면 허전하다. '어떻게 이런 책이 베스트셀러가 되었을까?' 하는 의문이 들기도 한다. 시류에 편승한, 그저 재미 삼아 읽어볼 수준의 글이지 감동의 묘미는 없다. 그 글을 쓴 작가에게는 미안한 이야기지만 남에게 권하지 못하고 그냥 재활용 쓰레기 쪽으로 분류한다. 그런 책들은 주로 양장본의 호화로운 표지로 되어 있다는 공통점을 지니고 있다. 가끔 스님들의 책도 그런 경우가 있다. 아쉽고 안타깝다.

듣자하니 OECD 국가 중 가장 책을 읽지 않는 나라가 우리 한국이라고 한다. 인생의 행복이 꼭 경제지표로 표시되는 것인가. 물질의 풍요가 인간을 행복하게 하는가. 그저 돈이 최고란 말인가.

유네스코에서 5년 주기로 나라별 행복지수를 발표한다. 2000년에는 행복지수 1위인 나라가 방글라데시였고 2005년에는 인도가 1위였다. 흔히 한국에서는 '인도' 하면 더럽고 가난하고 위험한 나라로, 사람 살 곳이 못 되는 나라로 생각하는 듯하다. 개인적인 견해지만 편안한 얼굴을 한 사람은 한국인이나 서양인이 아닌 인도인들 중에 많다. 행복하기를 바란다면 다시 한 번 생각해볼 일이다.

젊은이들에게 좋은 책을 읽고 생각하는 습관을 가지라고 충고하고 싶다. 책을 읽으면 삶이 아름다워진다. 간접경험을 통해서나마 삶을, 인생을 알아간다. 조카들 또래의 젊은이들을 생각하면 안타까운 게, 만나서 반갑고 편한 얼굴을 한 사람이 별로 없다. 법 없이도 살 수 있는 착한 사람의 모습, 말 그대로 '저 사람은 반부처 같다'는 얼굴이 없어져가는 게 아쉽다.

옛날부터 중국에는 인생삼대지락(人生三大之樂)이라는 말이 있다. 첫째는 오래 사는 것, 둘째는 이 세상 명산대천을 다 구경하는 것, 셋째는 이 세상의 좋은 책을 많이 읽는 것이다.

공부하느라 바빠서 책 읽을 시간이 없다는 조카들이라도 명심했으면 좋겠다.

히말라야 낚시꾼과
여수바다 나무꾼

자칭 바닷가 나무꾼이라는 여수의 원경(圓鏡) 거사님. 송광사 시절부터 허물없이 지낸 지 근 서른 해가 되어간다. 가끔 전화로 뭐 필요한 것 없냐며 물어오신다. 어쩌다 한국에 가면 그날로 내가 있는 곳까지 날아오신다. 짝사랑에 빠져서인지, 인도생활을 접고 한국으로 철수하면 토굴은 당신이 지어주신다며 터만 잡으란다. 단 송광사의 어느 암자보다 커서도 안 되고, 차도에서 도보로 20분 이상 걸리는 곳이어야 한다는 조건을 달았다. 번잡한 곳을 피해 수행에 전념하라는 말씀인 듯싶다.

어느 때부터인지 스스로 '히말라야의 낚시꾼'을 자처하면서 지금의 이 자리를 지켜오게 되었다. 히말라야 설산 꼭대기에 앉아 낚시질하는 삶, 여유와 한가로움을 표현한 것이다. 아마도 그 영감님의 영향일 것이다.

한번은 편지에 쓰기를, 자고로 나무꾼은 숲속에 살아야 제격이고 낚시꾼은 바닷가에 살아야 제격일진데 우리가 착각을 해도 한참 착각을 했다고, 그러니 이제는 내가 낚시질하러 여수 바닷가로 가고 영감님은 나무꾼 체신에 걸맞게 히말라야 산중으로 들어와 사시라는 내용 끝에 우스개를 하나 덧붙였다.

'설녀(雪女) 환영, 방 주인 청전 서(書).'

그렇게 문 앞에 붙여두었더니, '에라이 이 늙은 해동 비구야. 젊은 총각도 많은데 뭔 일 났다고 늙은 비구 납치하냐. 설녀 씀'이라고 그 밑에 적혀 있었다는 내용이다.

젊은 총각들을 납치한다는 티베트 전설에 나오는 예티(설인)를 앞세운 우스갯소리였는데 나중에 듣자하니 지인들과 배꼽을 잡고 웃었다고 한다.

한번은 뜬금없이 전화가 걸려왔다. 어느 공부하는 스님이 나와의 전생 인연을 말해주었다는 것이다. 시원히 웃으시더니 하시는 말씀.

"시님, 시님, 나가 전생에 시님 할아부지였대요!"

"아 그럼 뭐하고 있소. 빨리 손주 장가보내야지!"

서로 박장대소.

늘상 편지글이나 전화 끝에 내가 사는 곳에 찾아와야 한다고, 당신 표현을 빌자면 위문공연을 와야 한다는 말씀을 하셨다. 그러다가 지난해 봄, 그 바쁜 와중에 보름 동안 시간을 내어 다녀가셨다. 얼마나 반갑던지. 뉴델리 공항까지 마중 가서, 영감님이 한국으로 돌아가시는 날까지 함께 했다. 스리나가르, 마날리 등 주로 북인도 히말라야 안쪽을 다녔다.

"영감님, 히말라야 숲은 끝이 없다우. 남은 인생 그냥 여기 와서 사시요!"

대답은 똑같다. 그놈의 하는 일만 없으면, 처자식만 없으면 만사 제쳐두고 이 맑은 히말라야 산골에서 살고 싶다고.

때가 이른 봄이라 어디를 가도 눈 속이다. 꽃들의 계곡이라는 별명이 있는 굴마르그, 황금의 계곡이라는 소나마르그 등 한국에서는 볼 수 없는 이국적인 설경을 만끽하면서 한 말씀 하셨다.

"시님은 복이 많아 이런 곳에서 사시네."

달라이 라마 존자님을 친견하려 했으나 존자님 일정상의 문제로 며칠 더 기다리라는 통보를 받았다. 당신도 바쁘신 분이라 여기까지 오셔서 존자님을 뵙지 못하고 돌아가셔야 했다. 아직도 그게 큰 아쉬움으로 남아 있다.

뉴델리로 내려가기 전 함께 차를 마실 때였다. 창밖으로 히말라야 설산이 병풍처럼 겹쳐 보였다.

"시님, 뭐 풍찬노숙! 풍찬노숙 좋아하시네. 세상에 이런 삶이 어디 있소. 나는 우리 사무실이나 집구석에서 하루에 몇 번이고 화가 치미는데. 시님! 이게 신선놀음인 줄이나 아시오!"

재작년 연말엔가 '인도 20년 공부'란 시를 한 수 지어 보낸 적이 있었다. '천축의 풍찬노숙(風餐露宿) 20년 세월, 바로 어제 일인 듯 꿈속 같구려'로 시작하는 시 한 편이었는데 나름대로 지난 20년의 세월이 고생스러웠다는 표현이었다. 그 이야기를 비꼬시며 이어지던 이야기는 좀 중했다.

"시님이 여기서 공부하실 게 있네요. 달라이 라마 존자님의 미소를 배워오시오. 어디서나 어떤 상황에서나 웃을 수 있는 달라이 라마 존자님의 미소, 그런 미소 말이오. (…) 억지로는 그런 보살의 미소는 안 나올 것이외다. 꼭 공부하고 오실 것은 달라이 라마 존자님의 미소입니다."

엉뚱한 부탁이자 숙제다. 영감님답다. 그 미소를 배운다는 것은 범부로서는 생각도 못할 기상천외한 발상이다. 그 뒤로도 전화나 편지의 마지막 꼭지는, '존자님 미소는 잘 되어갑니까?' 이다.

'제기랄, 그게 어디 하루아침에 될 일인가! 만인이 즐겁고 편한 웃음이.'

영감님 말씀은 그런 미소가 필요한 세상이라는 것이다. 그러면서

나무꾼 영감님과 낚시꾼 스님. 2005년 일본 후쿠시마 현 어느 호수에서.

덧붙이는 말씀,

"아침부터 거울 디립다 보고 꼭 존자님 미소를 공부허시오, 잉!"

그러면서 거울부터 하나 사다두란다.

마음공부며 여러 가지가 익어갔을 때 자연스럽게 나오는 그 따뜻한 미소가 어찌 쉽게 얼굴에서 배어날까. 모나리자의 미소도 아니고 연예인들의 값싼 웃음도 아닌, 세상 만인에게 포근하고 편한 미소를 공부하라니!

그러면서 드는 생각, 어쩌면 내가 하고 싶은 공부하고, 라닥 거리를 쏘다니는 일처럼 자유롭고 보람된 일이 어디 있겠는가. 영감님 말씀대로 지난 20여 년의 삶은 북인도 히말라야 산속의 풍찬노숙이 아닌 신선놀음이었다고 할 수 있겠다.

다른 편지글을 써서 보냈다. 당신 말씀대로 달라이 라마 존자님의 그 미소를 익히고, 당신 말씀대로 나의 삶은 풍찬노숙이 아닌 신선놀음임을 명심하겠다며 이전에 지어 보낸 시를 개작해 동봉했다.

천축(天竺)의 신선(神仙) 놀음 20년 세월

바로 어제 일인 듯 꿈속 같구려

저 지난 세상에 무슨 공덕 지었길래

금생에 이런 청복 누리나

보름엔 하늘에서 천상선녀 내려오고

사시사철 설산풍광 물리지 않네

이제는 천축 땅이 몸에 다 배어

고개 들어 먼 산 봐도 고향 생각 없다오

구태여 무얼 할까 궁리할 때는

다 부질 없고 덧없는 세상이라

그저 삼시 세끼 족하고 이 한 몸 누일 곳이라면

조선 땅 천축 하늘 분별 않으리

돌이켜보니 이내 몸은 일찍이도

천축의 설산 나그네 되었네 그려

비록 이름 없는 들꽃으로 세상 마친다 해도

아무쪼록 탄식일랑 마시옵기를

바로 답신이 왔다. 팩스로.

'시님 시방 누구 약 올리오!'

33년 만에 걸려온 전화

전화를 설치한 게 5년 전이니 비교적 최근이다. 편지로 충분할 것 같아 주위에서 놓으라고 권해도 거절해왔다. 보다 못해 송광사에서 팩스 겸용 전화기를 가져다주면서, 정 그리 전화 걸기 싫으면 그냥 팩스로 편지글이라도 보내란다.

막상 방안에 전화가 들어오자 거는 것은 물론 받는 것도 편해졌다. 예전에는 전화 한 번 하려면 전화 가게까지 가야 했는데 더 이상 그럴 필요가 없게 되었다. 아마 한국에 계신 분들이 더 편해졌을 것이다. 그러나 어쩌다 전화선이라도 끊기면 수리할 때까지 일주일,

길게는 한 달 동안 불통이다. 주로 우기(雨期) 때 이런 일이 생긴다.

막상 전화가 설치되었어도 꼭 필요한 경우를 제외하고는 쓰지 않기 때문에 전화벨이 울리지 않는 날도 많은데 가끔은 뜻밖의 반가운 전화가 걸려오기도 한다. 학창 시절 이후 소식이 단절되었던 옛 동창들이 조심스럽게 말을 걸어오는 경우다. 옛 친구들의 목소리를 인도에서 들을 수 있으니 전화는 고마운 문명의 이기(利器)이다.

주위에서는 컴퓨터도 꼭 배워야 한다고 종용하지만 아직까지는 그냥 손으로 쓰는 게 좋다. 왠지 인간적이라 느껴진다. 불경을 번역할 때도 연필로 공책에 옮기는 게 좋다. 한 자 한 자 또박또박 옮기다 보면 생각이 가다듬어진다. 지금 이 글도 연필로 쓰고 있다. 더러 먹 갈아 붓으로 쓰는 것도 생각해본다. 편지를 보내오는 요즘 젊은이들의 글씨를 보면 너무 우습다. 거미나 누에가 봐도 웃을 정도로 서툴다. 컴퓨터 좌판을 빨리 두드리는 훈련도 좋지만, 최소한 새 발보다는 보기 좋게 쓰는 훈련도 필요하리라. 전화 이야기가 딴 데로 흘렀다.

작년 9월, 어느 날 전화벨이 울렸다. 늘 받는 식으로,

"여보시요!"

상대편은 굉장히 조심스러운 말투다.

"청전 스님 계신지요?"

"제가 긴데요."

"혹시 33년 전 강원도 ○○사단의 누구를 기억하십니까?"

그 목소리만 듣고도 오만가지 추억들이 파노라마처럼 스쳐 지나간다.

"기억하다 뿐이겠습니까!"

그때 면회 오셨던 부모님 안부까지 쭉 말하니 상대가 놀란다. 어찌 그런 것까지 기억하느냐며. 그동안 서로 각자의 삶을 살아왔음에도 전화 한 통이 30여 년 전 공통의 추억을 떠올리게 했다. 전화를 마치자 곧바로 팩스가 왔다. 대충 다음과 같은 내용이었다.

청전 스님에게,

1976년 이후 33년 만에 들은 스님의 음성은 예나 지금이나 너무도 청명하시고 울림이 컸습니다. 더구나 저를 너무나 잘 기억하시고 제 부모님까지 너무 정확히 기억하셔서 놀랍기도 하고 더욱 감사했습니다. (⋯) ○○사단 공병 ○○중대가 뇌리에 스쳐 갔습니다. 동계 주둔지 훈련용 교안 작성하던 일과 차트 쓰던 일, 그림 잘 그리셨던 기억, 음어 측정 대회, 교보재 창고, 직선 코스, 애인 사진 콘테스트, 야전 잠바, 연병장의 모래더미, 블록 찍기, 토끼 키우기, 빨래터, BOQ 막사, A 숙소, 나 중사, 노가리집, 파포리 고개, 구만리 발전소. (⋯) 제대 후 제게 보내주신 편지들, 항상 따뜻하게 대해주셨던 좋은 기억들⋯⋯. 그리고 전화 통화

중에 잠깐 말씀드렸습니다만 육사 출신 박 소위는 투 스타가 되어 요직에 계시고 부산대 건축과 출신 ROTC 강소위는 ㅇㅇ건설회사의 임원으로 재직 중입니다. 스님과 통화한 후 모두에게 연락하였더니 너무 반갑고 놀랍다며 꼭 뵙고 싶다고 했습니다.

저는 건축 일에 묻혀 살아왔고, 직원이 8백여 명 되는 ㅇㅇ엔지니어링 종합건축사사무소의 대표이사로 일하고 있습니다. 뵙게 되면 차츰 말씀드리도록 하겠습니다.

지난번 박 장군님과 함께 스님 연락처를 여러 방면으로 수소문했으나 찾을 수가 없었습니다. 요령이 부족했던지 송광사에 문의를 했는데도 알 길이 없었습니다. 어쩌다 한 보살님을 알게 되었는데, 그분이 불교방송에 나오는 큰스님들의 좌담회 기획 등 활발한 방송 활동을 하고 계셔서 혹시나 하고 여쭈어본 결과, 이렇게 뜻을 이루게 되었습니다. 스님 뵐 때 보살님도 꼭 자리를 같이 하고 싶다는 말씀도 하셨습니다.

앞으로 차츰 밀린 이야기는 나누도록 하고, 빠른 시일 내에 뵙게 되기를 바랍니다. 수행 중이신 모든 일들 뜻대로 다 이루시길 합장하며 바라옵고, 다시 연락드릴 것을 약속드리며 연락처를 남기고 이만 줄입니다.

좋은 하루하루가 되시기를 바랍니다.

군에서 전역하면 보통은 그걸로 끝나는데 어찌어찌 다시 인연의 끈이 이어진 것이다. 전화가 이렇게 반가운 연결고리를 만들어주었다. 그때부터 계속 편지와 전화로 안부를 주고받고 있다. 그런데 그 후로 한국에 다녀갈 일이 없어서 아직까지 상봉이 미루어지고 있다.

'만나면 뭐라고 해야 할지. 그저 평범한 한 승려로 살아왔을 뿐인데, 어떤 큰 깨달음도 성취한 게 없는데. 하긴 그런 외형적인 것보다도 내적인 삶이 문제겠지.'

그리워한다. 한국에 들어가서 만날 것이다. 얼마나 변해 있을까.

혼이 배인 불상

석굴암을 처음 친견한 것은 1979년 봄이었다. 거기에 우리 부처님이 고요한 선정(禪定)에 드신 채 앉아 계셨다. 인간의 손으로 돌을 깎아 그런 부처님 상을 만들 수 있다니! 나 같은 범부는 감히 꿈도 꿀 수 없는 일이었다. 당시는 석굴암 안에서도 머물 수 있었을 때라 담당 스님에게 허락을 받고 감실 안에서 밤새 절을 올리고 좌선 정진하며 날밤을 샜던 기억이 새롭다. 누가 알 수 있으랴! 그저 환희심과 감사하는 마음, 그저 좋고 좋은 그 마음이 북받쳐 오르는 것을. 부처님이 현존하는 듯한 감응에 휩싸여 참배한 것은 그때가 처음이었다.

훗날 인도를 비롯한 각 나라의 많은 절에서 많은 불상을 보아왔지만 혼이 배인 부처님의 모습을 접하기는 힘들었다. 세계의 이름난 조각품들을 더러 보아왔지만 석굴암에서 느꼈던 그런 숭고한 전율은 없었다. 인도 힌두교의 그 크고 많은 신상들을 보았어도, 유럽의 비너스상이나 바티칸의 피에타상, 모세상, 마리아상 등을 보았어도 전율에 휩싸이는 감동은 오지 않았다.

과연 석굴암의 불상을 깎아낸 석공 분들은 어떤 삶을 살았을까? 어떤 신심으로 몸과 마음을 닦았기에 그런 불가사의한 부처님의 얼굴을 새길 수 있었을까? 그처럼 완벽한 조형미를 구현해낸 그분들은 누구였을까?

인도 바라나시 사르나트의 박물관에서 '초전법륜상'이란 이름의 불상을 봤을 때 석굴암에서 느꼈던 유사한 감정이 일었다. 그 부드럽고 원만한 불상은 조용히 쳐다보기만 해도 좋았다. 이런 부처님을 조각한 석공 분들은 어떤 삶을 살았을까? 지금 생각해도 여전히 의문이다.

만리장성, 타지마할, 피라미드 등 세계 7대 불가사의로 불리는 조형물들을 떠올리면 그것들을 완성하기 위해서 그 긴 세월 동안 억지로 일해야 했을 민중의 애환만 느껴진다. 막말로 자기 개인의 욕망을 채우기 위해 폭군들이 힘없는 민중들을 착취한 상징물들이 아닌가. 그때는 포클레인이나 기중기도 없었을 터인데 그 큰 돌을 옮기고 쌓던 사람들을 상상해보면 나쁜 놈들이 채찍을 내갈겨도 많이도 내갈겼을 것이라는 생각만 든다.

몇 년 전 한국에 갔을 때 서울 한복판에 신축된 절의 불상을 보고 경악을 금치 못했다. 그게 어디 부처님 모습인가. 그저 크기만 하면 된단 말인가. 예전의 자그마한 부처님을 대신해서 두 눈 부릅뜬 거대한 부처가, 그것도 셋이나 '보시, 시주나 많이 하셔!' 라고 협박하듯 앉아 있었다. 예술혼은커녕 상혼(商魂)으로 꽉 찬, 다시는 보고 싶지 않은 불상들이었다. 자비로워야 할 불상에서 혐오감을 느낀 건 그때가 처음이었다.

1989년 봄 처음으로 청학 스님과 함께 파키스탄에 갔을 때였다. 라호르박물관의 고행상 부처님을 보고 정신이 번쩍 들었다. 가우타마 부처님이 깨달으시기 전 고행난행의 모습을 직접 보는 듯한 감동을 느꼈다. 그 불상에는 혼이 배어 있었다. 사람이 말라도 어찌 그렇게까지 마를 수 있을까. 몸이 그 지경이 되었어도 선정인(禪定印)을 취하며 허리를 곧추 펴고 입을 굳게 다문 모습에서 지금 바로 이 순간, 죽음마저 초월한 채 오직 진리를 추구하려는 처절한 분위기가 절로 풍겼다.

달라이 라마 존자님을 개인 침실에서 친견하는 과분한 영광의 기회가 두 번이나 있었다. 존자님 침실의 불단을 둘러보았는데, 티베

트의 금동불상이 아닌 바로 그 고행상 부처님이 모셔져 있는 게 아

닌가.

"우리 부처님 제자들은 깨달음을 얻기 전 부처님의 숨은 고행에

대해서 항상 명심해야 합니다."

존자님께서는 늘 부처님의 고행을 알아차리고자 그 고행상 부처

님을 머리맡에 모신다고 말씀하셨다. 불자라면, 특히 출가자라면

난행고행의 가우타마 부처님을 잊지 말아야겠다.

아빠 스님, 엄마 스님

1987년 첫 인도 순례 때 첫발을 내딛었던 뉴델리에서 마주친 무서운 더위 때문에 곧장 라닥으로 넘어갔다. 그 인연 때문인지, 해마다 라닥을 찾다 보니 곰빠의 스님들부터 마을 주민들까지 모두 얼굴을 익히고 지내는 사이가 되었다.

그 중 리종 곰빠 스님들과의 인연은 각별하다. 이상하게도 리종 곰빠에는 노스님들이 많은데, 매년 이곳에 내려와 겨울을 나고 리종으로 돌아가시는 두 노스님이 계시다. 올해 한 스님은 83세이시고 다른 스님은 76세이시다. 두 분은 뭘 해도 함께 하고, 어디를 갈

다람살라 저자의 방에서 아빠 스님(왼쪽), 엄마 스님과 함께.

때도 항상 함께 가고, 들어오실 때도 함께 들어오신다. 꼭 다정한 부부 같다.

2003년 어느 공부가 많이 된 스님이 이르시길, 이 두 스님은 전생에 몇 대에 걸쳐 부부 인연으로 살았으며 금생에는 한 곰빠의 비구로 살아간다고. 그러려니 했는데 먼 전생의 한 번은 이 두 스님이 내 부모였다고 한다. 믿거나 말거나지만, 부모님 모시듯 하나에서 열까지 두 분을 배려한다.

불교에서는 모든 사람들이 무수한 겁 동안 부모와 자식 아닌 존재가 없다고 주장한다. 그래서 타인을 '자기 어머니 모시듯 하라'고 가르칠 뿐 아니라 모든 살아 있는 유정들 또한 이와 같다고 이르고 있다. 그러므로 보살도를 닦는 수행자는 당연히 살아 있는 짐승과 물고기들을 죽여선 안 된다는 금살계를 주장하는 것이다. 인도의 종교인 힌두교 역시 윤회를 바탕으로 한 체계를 구축하고 있는데, 자이나교에서는 좀 더 철저하게 불살생의 덕목을 첫 번째 교리로 한다.

근래에 이곳에서 가까운 펀자브 주의 한 가정에서 재미난 일이 일어났다. 태어난 아이가 커가면서 원래 자기 집은 어디였고 부모는 어땠고 등등 전생을 너무 자세하게 기억하고 있었던 것이다. 금생의 부모는 그 아이의 전생 고향집을 찾아갔고 그 집 부부는 10여 년 전에 죽은 자기 아이에 대해서 확인해주었는데 그 아이의 진술과 모두 맞아떨어졌다. 결국 양쪽 부모는 아이를 데리고 달라이 라마 존자님을 찾아왔고, 존자님께서는 그것이 사실임을 확인, 인정해주셨다. 존자님께서는 법문 중에 이 이야기를 종종 하시곤 하셨다.

그 아이는 금생의 부모뿐 아니라 전생 부모도 함께 가지는 특별한 경우가 되었다. 이런 경우는 매우 드물겠지만, 나는 출가자로서 윤회환생을 당연한 것으로 받아들인다. 비록 그렇지 않더라도 노스님과 노인들을 공경했을 테지만 라닥의 이 노스님들에게는 더더욱 각별한 애정이 간다.

처음에는 한국의 지인 몇몇이 전생에 남편이었다던 스님을 '아빠 스님', 부인이었다던 스님을 '엄마 스님' 이라고 부르기 시작했다. 그러다가 어느 때부터인지 나 역시 두 분을 아빠 스님, 엄마 스님으로 부르며 아빠 스님이 어떻다, 엄마 스님이 어떻다 하고 스스럼없이 말하게 되었다. 요즘은 아예 이것이 두 분의 공식 존칭이 되어버렸다.

겨울에 5~6개월 동안 내려오시면 공양을 함께 할 때가 많은데 저녁만큼은 엄마 스님이 여느 식당보다 정갈하고 맛있게 툭빠(수제비)를 만드신다. 아빠 스님은 콩이나 까고 야채나 다듬는 일 정도만 도와주신다. 그 모습을 보고 있으면 전생 습이 들어도 단단히 들었구나 하는 생각이 들기도 한다.

그렇게 지낸 지도 벌써 10년이 넘었다. 봄에 고개가 열리면 라닥으로 돌아가시고 이듬해 고갯길이 막히기 전에 다시 오신다. 이제 아빠 스님은 연세가 많으셔서 꼬라(탑돌이)나 법당 가시는 것도 힘들어하신다. 지팡이를 짚고 그저 방문 앞 베란다와 지붕 위 옥상을 오가시는 정도다. 언제 몸을 버리실지 모르나 함께 지내는 시간만큼은 행복이다. 엄마 스님은 아직도 정정하시다. 새벽부터 빠짐없이 예불을 올리시고 가파른 계단을 잘도 오르신다.

　인도에 사는 동안 이 두 노스님과 함께 하는 것은 큰 기쁨이다. 조석 예불 때 오랫동안 건강하게 사시기를 늘 축원한다.

라닥 노스님들의
티베트 순례

다람살라는 위쪽의 맥그로드 간지에 티베트 망명정부가
위치해 있어서 유난히 티베트 정서가 강하다. 물론 아래쪽 시장통
은 인도인들로 북적거린다. 비록 이곳에 살지만 처음부터 도가 트
여서 그런지, 사실 여기보다 라닥에 더 정이 간다. 찻길도 없는 오지
에 위치한 곰빠나 마을에는 더욱 정이 깊다.

그러다 보니 10여 년 동안 그곳에서 구할 수 없는 의약품, 돋보기,
보청기, 심지어 손톱깎이까지 져 나르게 되었다. 고생고생 하면서
노새 등에 의약품 등을 싣고 5천 미터가 넘는 큰 고개들을 넘을 때

면 안 죽고 무사히 이 고개를 건너갈 수 있음이, 이곳 노스님들을 위해 무언가를 해줄 수 있음이 한없이 고맙고 기쁠 따름이다.

예전에 가깝게 지내던 노스님들에게 소원을 물은 적이 있었다. 어찌 그리 똑같은지, 죽기 전에 꼭 티베트 본토에 가보고 싶다는 것이다.

사실 역사적으로 라닥은 티베트 라싸 정부에 복속되어 있었다. 영국이 인도를 지배할 때부터 그 통치권이 바뀌었는데, 1948년 인도가 독립했을 때 덩달아 인도 땅이 되어버렸다. 그때 라닥 사람들이 하던 말,

"아니 뭐라고? 우리가 왜 인도야, 티베트지!"

황당하기도 했을 것이다.

이 노스님들에게 티베트 성지순례는 꿈속의 일이었다. 우선 경제적인 문제가 제일 컸다. 이 오지에서는 부처님의 성도지 보드가야 정도가 최대한 멀리 갈 수 있는 순례길이었다. 그 정도 오가는 것도 노스님들에게는 금생 최고의 모험 수준이었으니 티베트 본토는 죽기 전에, 아니 후생에라도 가보고 싶은 꿈속의 성지였다.

'티베트 성지순례, 티베트 성지순례.'

소원을 하도 듣다 보니 머리에 인이 박혔다. 뜻이 있으면 길이 있는 법, '쓰고도 항상 남으니 천하에 제일 부자는 바로 나'라는 생각으로 몇 년 동안 모았더니 경비가 대충 마련되었다. 그런데 여권 발

급부터 만만치 않았다. 노스님들은 한평생 라닥이나 인도 밖으로 나가본 적이 없으니 여권이 뭔지, 비자가 뭔지 모른다. 날아가는 비행기 구경은 해봤을 것이다. 인도-파키스탄 국경이 하루도 조용한 날이 없었으니 하늘에 전투기들이 날아다니는 것은 보았을 것이라는 소리다.

인도는 철저히 지방자치 행정이 이루어지는데, 각 주에 따라 여권을 발급한다. 라닥 사람들이 여권을 발급받으려면 주정부의 수도인 카쉬미르 주 스리나가르로 나가야 한다. 한 가닥 희망을 품고 라닥의 중심지 레의 관공서에서 물어보니 3년만 기다리면 된단다.

'그 안에 돌아가실지도 모르겠다.'

방법을 바꾸어 함께 가기로 한 아빠 스님, 엄마 스님을 포함한 다섯 노스님의 여권을 내가 머무는 히마찰 쁘라데시 주에서 만들어보기로 했다. 다행히 가능하단다.

그 많은 서류며 인도 특유의 행정 처리 속도는 오직 당해본 사람만 안다. 이곳의 한 여자 유학생은 하도 이거 가져와라, 저거 가져와라, 내일 와라, 다음에 와라, 하는 통에 그냥 그 자리에 퍼질러 앉아 울어버렸다. 카쉬미르 주 스님들이라서 별도의 증명 서류, 확인 서류, 본적증명서 그리고 범죄 여부 증명서 등등 온갖 서류를 구비해 제출하고 평소 안면이 있던 담당직원에게 박시시(팁 또는 뇌물)로 짜이 값을 집어주었더니 용케도 여권이 나왔다.

2002년 라닥 노스님들을 모시고 효도관광을 하던 중 캐시미르 소나마르그에서.
순례길에서 돌아온 직후 세 노스님은 입적하셨다.

비자 발급도 산 너머 산이다. 뉴델리의 중국대사관에서는 비자 발급을 거부했다. 그 이유는 티베트 사람들이기 때문이라고. 어이가 없었다. 라닥은 어찌됐든 지금 인도 땅이고 모두 인도 여권 소지자들인데 티베트 사람들이라니! 그 중국 관리 눈에는 라닥인이나 티베트인이나 똑같이 보였을 테지만 서류는 분명 인도인으로 되어 있었다. 하도 괘씸해서 나중에 티베트에서는 중국인인 척했다.

먼저 영사에게 진정서를 제출했다. 그랬더니 영사가 직접 노스님들과 면담하겠다며 들어오란다. 사정을 설명했지만 자기도 직책상 어쩔 수 없다며 각서를 한 장씩 쓰란다. 보다시피 70을 넘긴 노스님들이라 영어 알파벳의 'A' 자도 모르는데 무슨 각서냐고 따져도 그래도 무조건 써야 한단다. 하는 수 없이 일일이 내가 대필한 각서에 노스님들이 손도장까지 찍었다. 내용은 간단했다. 중국에 들어가서 어떤 종교 활동도 하지 않겠다는 것이었다.

'노스님들이 가서 무슨 일을 얼마나 꾸미신다고, 중국이라는 대국이 노스님들 몇 명 방문하는 데 이런 엄살을 떨다니!'

다행히 바로 비자가 나왔다. 막상 힘들게 여권과 비자를 발급받았더니 그냥 티베트만 가기가 아쉬워서 비용이 좀 더 들더라도 중국 본토의 불교 성지까지 빙 둘러보기로 했다.

'에라, 쓰는 김에 화끈하게 쓰자.'

일생일대의 기념, 비행기도 한 번 태워드리기로 했다. 중국 남부

윈난성(雲南省) 쪽으로 들어가서 쭉 치고 올라 베이징까지 갔다가, 티베트와 네팔을 경유하여 인도로 돌아오는 일정을 짰다.

막상 티베트 순례를 떠날 수 있게 되자 동진(童眞) 출가한 보람을 백발이 성성한 이제야 맛본다는 보람 때문인지, 아니면 꿈에도 그리던 티베트 순례를 떠날 수 있다는 기쁨 때문인지 모두 들뜨기 시작했다.

일단 뉴델리에서 방콕이다. 거기서 윈난성 쿤밍(昆明)으로 날아갔다.

1차 목적지는 무착(아상가) 보살님의 12년 고행지로 알려진 성산 자깡리오(鷄足山)다. 무착 보살님은 팔불중도(八不中道)의 연기법을 핵심으로 하는 공(空)사상 또는 중관(中觀)사상으로 외도(外道)들의 희론을 파사현정(破邪顯正)한 용수(나가르주나) 보살님과 함께 대승불교 철학의 양대 산맥을 이루는 분으로, 유식(唯識)사상을 집대성한 것으로 알려져 있다. (사실 북인도인이었던 무착 보살이 여기서 고행했다는 것은 티베트인들이 지어낸 이야기에 가깝다.) 그곳의 중국 절 스님들이 우리의 숙박과 별의별 특식을 포함한 공양 일체를 제공해주셨다.

비록 70을 넘긴 노스님들이지만, 당신들 사시는 곳보다 낮은 3천 미터급 자깡리오 산정까지 한 걸음에 올라 부치셨다. 이후 다른 산을 오를 적에도 노스님들은 전혀 지칠 줄 모르셨다.

의외로 티베트 쪽에서 순례 온 스님들과 신도들을 많이 만났다.

티베트 간체 빠코르 대탑 앞에서.

달라이 라마 존자님이 계신 북인도에서 왔다고 하니 가져온 점심 등을 대접해주었다.

이후 다리(大里)를 거쳐 중뎬(中甸, 샹그릴라)으로 올라갔다. 그쪽은 행정구역상 중국 윈난성에 속하는데 원래는 동티베트 캄 지역의 남쪽이다. 곳곳의 옛 사원들을 참배하면서 캄 지방으로 들어갔다가 쓰촨성(四川省) 청두(成都)로 나왔다.

여기서도《벽암록》의 저자 원오 스님이 창건한 유서 깊은 고찰 쟈오쥐에사(昭覺寺)에서 숙식을 제공받았는데 옛날부터 알고 지내던 조선족 스님이 통역, 숙식 등 일체를 보살펴주셨다. 보현 보살의 상주 도량이라는 어메이산(峨眉山)과 당송 팔대가의 시인 유적지도 둘러보았다. 마지막 날에는 쟈오쥐에사의 최고 어른인 방장 옌파(演法) 스님의 환영어린 만찬 대접과 보시와 선물 등을 두둑이 받았다.

구닥다리 노스님들에게 같은 출가자로서, 선후배 불제자로서 예의를 갖추어주신 옌파 스님의 마음이 고맙기만 했다.

베이징까지 열차로 움직였다. '만리장성'에 대해서는 다들 어디서 들어보았는지 설명해주지 않아도 알고 계신다. 관광으로 몇 군데 묶어서 빙 둘러보고 중국불교 최고 성지인 우타이산(五臺山)으로 들어갔다. 문수보살이 상주한다는 우타이산은 역사적으로 티베트불교와도 인연이 깊은 곳이다. 역대 달라이 라마 존자님들도 참배했던 곳으로, 티베트 사원도 두어 군데 있다. 물론 그곳 덕을 톡톡히 보았다. 4월인데도 때 아닌 눈이 내려 분위기를 돋우었다. 우타이산 정상까지 쉽게 다녀올 수 있었다.

다시 열차로 간쑤성(甘肅省) 란저우(蘭州)로 갔다. 여기서부터 실질적으로 티베트 불교권이 시작된다. 간쑤성의 라브랑사 대사원, 그리고 하룻길의 칭하이성(青海省) 경계를 넘어 '10만 마리의 사자가 울부짖는 불상의 미륵사'라는 쿰붐 대사원에 이르렀다.

중국어로 '타얼사'라고 불리는 쿰붐 대사원은 겔룩빠의 종조인 쫑카빠 대사의 탄생지에 건립된 기념 사원이다. 달라이 라마 제도가 바로 쫑카빠의 법제자로부터 시작되기 때문에 겔룩빠의 5대 사원 중에서도 특히 중요한 곳일 뿐 아니라, 문화대혁명으로 파괴되기 이전에는 베이징의 자금성보다 컸다고 한다. 또한 인근에 현 14대 달라이 라마 존자님의 탄생지인 '딱첼'이란 마을이 있어 근자에 더욱 중요한 곳이 되었다.

쿰붐 사원의 대법당을 참배할 때 노스님들은 그때까지 성지에서 읊조리시던 기도를 올리지도 못하셨다. 격앙되어 그러셨는지 처음에는 그냥 흐느끼기 시작하더니 나중에는 대성통곡, 그칠 줄을 모른다. 속으로 부끄러웠다.

'내가 한국과 인도를 비롯해 다른 여러 나라의 성지들을 참배한다는 건 그저 그런 기쁨과 보람 정도였지, 이렇게 북받쳐 오르는 감격의 눈물을 흘린 적이 있었던가.'

중국 윈난성 자깡리오 어느 절에서.

그 이튿날, 차 한 대를 세내어 현 달라이 라마 존자님의 고향인 딱첼 마을로 갔다. 그곳에서도 예경문이나 기도 대신 다시 대성통곡, 그저 하염없이 울기만 하셨다.

'내가 존경해마지않는 달라이 라마 존자님과 이분들 내면의 존자님은 같은 분인가? 이분들이 이렇게 존자님을 믿고 의지하셨던가?'

조금은 이해가 되었지만 그렇게까지 목 놓아 우실 줄이야.

딱첼을 지나 수도 라싸가 있는 티베트 본토로 들어가는 게 만만치 않았다. 지금이야 칭장 철도가 개통되어 열차로도 라싸에 들어갈 수 있지만 그전에는 골무드란 곳에서 버스로 들어가야 했다. 그런데 그 버스표가 중국인보다 다섯 배나 비쌌다. 1993년에 처음 티베트 순례를 할 때는 중국인의 열 배를 내야 했다. 반으로 줄긴 했지만 여전히 비싸기는 마찬가지다.

마침 라싸로 가는 암도 지방의 두 티베트 스님을 만나게 되어 꾀를 냈다. 그 스님들에게 사정 이야기를 했더니 흔쾌히 8인용 도요타 지프를 대절해서 함께 가자고 하신다. 고마워서 차비는 우리가 내겠다고 했다. 그 스님들이 흥정해 지프 한 대를 구했다. 이제 모두 '시장 라마(티베트 스님)'가 되어야 한다. 나까지 노스님의 여벌 승복으로 갈아입으니, 모두 붉은 승복을 걸친 티베트 승려들이다. 누가 봐도 어수룩한 티베트 스님 여덟 명이 라싸로 가는 형세다.

출발 후 제일 까다롭다는 검문소에 도착했다. 지난번 이곳을 통과할 때는 버스 승객들이 모두 내려서 신분증과 통행증을 검사받은 뒤 다시 승차해야 했다. 지프가 섰다. 지난번 생각이 나서 좀 긴장되었다. 만약 들통난다면 다시 골무드로 돌아가야 할 판이다. 내리려고 하니 한족인 지프 운전사가 그냥 있으란다. 검문소 창가로 혼자 가더니,

"시장 라마 빠거런(티베트 스님 여덟 명)"

운전사에게 통행증인지 뭔지, 서류를 건네받은 공안이 검문소에서 나와서 지프 안을 주욱 훑어본다. 늙어빠진 다섯 명의 노스님들 사이에 그나마 '젊은' 나와 암도 스님들이 앉아 있는 모습을 보더니 그냥 가란다. 지프가 다시 출발하자 그제야 좀 마음이 놓였다.

'우리가 왜 시장 라마냐, 인도 라마지.'

하긴 우리 모습은 영락없는 티베트 라마들이었다. 얼굴 생김새도 같고 티베트 승복을 입고 항상 티베트 말만 쓰고 있었으니, 그 운전사 눈에 외국인처럼 보였을 리 없다. 열여덟 시간 동안 1150킬로미터의 먼 길을 달려 라싸에 도착하니 이튿날 새벽, 아직 동트기 전이었다.

여관에 짐을 풀자마자 공안이 찾아왔다. 그러더니 우리의 여권을 모두 달란다.

'소문도 빨라.'

등기할 때 여권을 보여주었는데 그 사이 공안국에 정보가 간 것

이다. 여권이 있든 없든 구 라싸 시가지 한가운데 있는 조캉사원(大
照寺)부터 갔다. 티베트 최초의 절인 조캉사원에는 거룩한 조오상게
(본존불) 불상이 모셔져 있다. 송첸 감뽀 대왕의 부인 중 한 명인 당
나라 문성 공주가 시집올 때 가져왔던 불상인데, 티베트인들은 이
곳을 늘 마음의 귀의처요 마지막 회향처로 여긴다. 그래서 티베트
인들에게 조캉사원은 죽기 전에 한 번은 꼭 참배해야 하는 회교도
의 성지 메카에 있는 카바 신전과 같은 곳이다. 달라이 라마 존자님
께서도 티베트 본토에서 당신을 보러 일부러 찾아온 티베트인들에
게 종종 말씀하신다.

"꼭 나를 보러 올 것 없다. 조캉사원의 조오상게만 보면 나를 본
것이나 마찬가지다."

존자님은 항상 자신보다도 다른 사람들을 섬기시니, 굳이 위험을
무릅쓰며 인도까지 찾아오는 티베트인들을 말리셨을 것이다. 그래
도 어디 티베트인들 마음이 그럴까만.

여기서도 노스님들이 엎드려 눈물을 흘리신다. 어쩔 수 없는 감
격을 맛보는 노스님들 옆에서 과연 성지순례란 무엇인가 생각하게
된다. 지금까지 성지순례 한답시고 주마간산 식으로 한국의 방방곡
곡, 인도와 티베트의 여러 성지들을 돌아다닌 게 다시 한 번 부끄러
워진다.

라싸에서는 제법 오래 머물렀다. 달라이 라마의 궁인 포탈라궁

(布達拉宮)을 보려면 자국민인 중국인도 100위안을 내야 하는데 우리는 단돈 1위안에 들어가서 보았다. 삼본사(三本寺), 즉 간덴, 쎄라, 데풍 사원이며 좀 멀리 떨어진 삼예, 탄둑, 융부라캉까지 모두 둘러보았다.

라싸를 떠나 시갓체의 겔룩빠 5대 사원의 마지막인 따쉬룬포 사원, 걍체의 파코르 대탑 등을 참배하고 밀라레빠의 동굴 사원에 들렀다가 네팔 국경을 넘어 다람살라로 돌아왔다.

꼭 두 달간의 성지순례였다. 총 1만 5천 킬로미터가 넘는 대장정이었다.

그 빡빡한 일정에도 노스님들께서는 군말 한마디 없으셨다. 피곤하시냐고 여쭈어도 괜찮다며 웃으셨다. 음식도 항상 잘 잡수셨다. 정말 당신들 말씀대로 이제 죽어도 여한이 없을, 일생의 소원인 티베트를 다녀오신 것이다. 덤으로 중국의 일부 성지까지 돌았으니.

그해 여름, 라닥에 들어가니 노스님들의 성지순례 소문이 라닥 전역에 퍼져 있었다. 가는 곳마다 자기도 좀 티베트에 데리고 가달란다. 마음이야 70을 넘기신 노스님들만이라도 모두 티베트에 모셔가고 싶었지만 '이 세상 제일 부자'인 나도 한계가 있었다.

경비는 자기들이 알아서 준비하겠다며 가이드만이라도 해달라신다. 결국 노스님 10여 분의 여권을 모두 발급받아두었다. 그런데 뉴델리의 중국 대사관에서 비자 발급을 정지해버렸다. 베이징올림픽

전후에 일어난 티베트 사태가 아직도 계속되고 있기 때문이다. 지금도 이 분들은 비자가 나오기만을 애타게 기다리고 계신다. 비자만 나오면 만사 제쳐두고 네팔을 통해 육로로나마 티베트 순례를 성사시켜드릴 것이다.

이번에도 얼마나 우실지…….

한국을 찾은
히말라야 스님들

이곳에 살면서 누구 한 사람 한국에 데려가본 적이 없었다.
더러 린뽀체니 큰스님이라는 분들을 한국에 모셔간 이들이 있는 줄
안다. 끝이 좋지 못한 경우도 종종 듣고 보아왔다. 이런 일에는 관
심 없이 살아왔는데 리종 곰빠의 한 노스님이 어느 날 뜬금없이 말
씀하신다.

"언제 당신 나라 꼬레아에 갑니까?"

그러면서 종이쪼가리 하나를 내 보이셨다. 1987년 첫 인도 순례
때 명함 대신 써드렸던 쪽지였다. 가지고 있으면 언젠가는 한국에

가는 줄 알고 여태 지니고 계셨다고. 사실 그걸 드린 기억도 가물가물하다. 하물며 한국에 모셔간다는 약속을 했다니! 그런데 노스님은 그 쪽지 명함을 여태껏 보관하며 언젠가는 한국에 갈 수 있다는 희망을 지난 20여 년 동안 품고 살아오신 것이다. 그 노스님이 돌아가시기 전에 한국으로 한번 모셔야겠다는 생각이 들었다.

라닥에서도 오지 중의 오지인 링세 곰빠를 오갈 때는 몇 날 며칠을 걸어야 한다. 높은 고개는 왜 그리도 많은지. 그곳을 들를 때마다 말을 끌고 차부까지 마중 나와 주시는 스님 한 분이 계시다. 헤어질 때마다 고맙다는 말과 함께 훗날 기회가 되면 한국에 같이 가자는 덕담을 건넸던 게 기억났다. 말 빚도 갚아야 한다는 생각이 들었다. 당연히 아빠 스님, 엄마 스님은 모셔야 할 처지, 한국 구경을 시켜드려야 했다.

'한번 모시고 가야지.'

이곳에 살면서 상좌라면 상좌라 할 만한 인연을 맺고 사는 티베트 스님이 있다. 무슨 일이 생길 때마다 솔선수범하여 돌봐온 지 꽤 되었다. 출가한 여동생이 1991년 라싸 봉기에 연루되어 감옥에서 고문사를 당한 슬픈 내력이 있었다. 라싸를 다녀오며 그 스님의 고향 땅인 펜뽀까지 찾아갔더니 노모와 형님, 누나, 가족들이 온통 눈물바다를 이루었다. 돌아와서 사진, 편지, 선물 등을 전해주며 집안 소식을 들려주었더니 그 자리에서 대성통곡을 하던 스님의 모습을 잊지 못하겠다. 무언가를 해주고 싶었다. 또 라닥을 오갈 때마다 헌신적으로 도와준 인도 태생 뻬마 스님에게도 답례할 때가 왔다고 여겼다.

차분히 준비를 해오다 보니 2007년이 되었다. 인도 국적 스님들의 한국 비자를 받는 데도 초청장 등 많은 서류가 필요했고, 티베트 난민 스님의 경우 우여곡절 끝에 난민증만으로 한국 비자를 받을 수 있었다.

드디어 10월, 히말라야 산동네 출신 총 여섯 분의 스님들이 한국 땅을 향해 출발할 일정이 잡혔다. 사전 준비차 모두 모였다. 처음 상의한 것은 '어떤 항공편으로 가느냐?' 하는 문제였다. 인천까지 직항편이 있었지만 좀 비싼 편이다. 사실 제일 비싸서 만만치 않은 값이었다. 그 이야기를 꺼내자마자 모두 빙빙 돌아가는 완행 비행기를 타겠단다. 이유인즉 경비 절감 때문이 아니라, 비행기 오래 타는 게 좋다고. 하긴 지난번 티베트 순례에 동행했던 아빠 스님, 엄마 스님을 빼고 비행기를 타본 스님들이 없었다. 뉴델리, 방콕, 타이베이, 인천으로 가서 인천, 홍콩, 방콕, 뉴델리로 돌아오는 제일 값싼 뱅뱅이 비행기 표를 샀다.

우선 뉴델리에서 방콕으로 출발, 여기서부터 에피소드가 끊이질 않았다. 이륙 후 곧장 기내식이 나왔다. 그런데 어떻게 먹는지 아무도 모른다. 스푼도 있고 포크도 있지만 당신들에게는 불편하기 짝이 없는 것들이다. 처음에는 체면 차린답시고 스푼으로 밥을 잡수려 해도 죄다 흘러버리니, '에라 모르겠다!' 는 식으로 그냥 손으로 드신다. 어디서 그런 말을 들었는지 한 스님 왈,

"나온 것은 다 먹어야 한다."

옆자리의 노스님은 무슨 봉지를 입 안에 털어 넣는다. 하필이면 후춧가루 봉지, 재채기와 함께 입 안의 음식물이 사방으로 튀었다. 옴짝달싹 못하는 비행기 안에서의 긴긴 시간, 뭐가 그리 신나는지 세 개나 얻었던 창가 좌석 창문에는 항상 머리가 두세 개다. 방콕에서 타이베이 구간, 하얀 구름 위를 날고 있을 때였다.

"저기 눈이 많이 쌓여 있군."

드디어 인천에 도착했다. 공항에는 우리 일행들이 한꺼번에 탈 수 있는 벤이 준비되어 있었다. 마중 나온 신도님과 스님들 사이에서 통역 겸 설명을 하며 서울 시내로 들어섰다.

'스님들에게 서울이란 어떤 모습일까? 당신 사시는 절에는 자동차는커녕 전기도 없는데.'

당신들끼리 하시는 말씀을 곁에서 들어보았다.

"켄찰 꼬리아 모타니 두와 께기 민두(이상하네, 왜 한국 자동차는 연기가 안 나지)!"

인도의 자동차들처럼 연기를 퐁퐁 풍기고 다녀야 하는데, 매연

없는 차들이 신기했던 모양이다. 며칠 후에 하시는 말씀,

"왜 길 옆에 세워둔 차가 한 대도 없지?"

라닥을 오가는 고갯길에는 늘 고장이나 펑크가 나서 한쪽에 세워놓고 고치는 트럭이나 버스가 많은데, 한국의 대로에는 그런 차가 한 대도 없는 데서 비롯된 라닥식 의문이었다. 서울에 머무는 동안 강변도로를 몇 번이나 지나다녔다. 밤낮없이 오가는 자동차 행렬을 보시더니,

"지금 저 많은 차들이 다 어디를 가지?"

라닥의 잔스카 지역에는 며칠에 한 번 차가 들어올까 말까 한다. 한 스님 절에서는 저녁나절에 들어온 차 한 대가 이튿날 아침 일찍 나가는 게 고작이다. 버스나 지프는 물론이고 차라는 물건 자체가 창건 이래 한 번도 들어서본 적이 없는 절도 많다. 아마 앞으로도 수십 년 혹은 수백 년간 그 절에 차가 오갈 일은 없을 것이다.

첫날밤을 묵게 된 한 신도님 댁 아파트, 미리 밖에 나와 계시던 신도님이 아파트 위쪽 층을 가리키며 저기가 우리 집이라고 설명하셨다. 통역해드렸더니 지팡이 짚고 계시던 스님 낯이 변했다. 걱정이란다.

"저기까지 어떻게 올라가지."

처음에는 엘리베이터 타는 것을 긴장하시더니 나중에는 재미를 붙이셨다. 그렇지만 백화점이나 지하철 등의 에스컬레이터는 무섭

다고 끝내 주저하셨다. 경험 삼아 지하철을 탔을 때도 한 사람씩 꼭 손을 잡아주며 몇 번을 날라야 했다. 움직이는 계단에 발을 디디는 게 그리도 겁이 났는가 보다. 에스컬레이터에서 내리기 전에 미리 위로 발을 들고 서 있는 모습을 다른 사람들이 보았더라면 촌동네에서 왔다는 것을 단박에 눈치 챘을 것이다.

여수다. 난생 처음 보는 바다다. 한 노스님이 차에서 내리자마자 뛰어 내려간다. 물맛을 보시더니,

"왜 이리 쓰지!"

일부러 배도 타보았다. 바닷물이 무섭단다. 난간을 꼭 붙잡는다. 마산에서 마침 국화꽃 전시회가 있었다.

"강가 메톡 레다, 메톡(전부 꽃이다, 꽃)!"

너무도 좋아하신다. 당신들 사시는 곳은 고산 지대여서 겨우 야생화만 피는데 이곳은 온통 꽃천지, 여기저기서 꽃과 함께 사진을 찍어달란다. 부산에서는 밤에 용두산공원 전망대에 올라갔다. 사방의 야경에 넋을 잃는다. 여기서도 사진을 찍어달라신다.

통도사를 참배할 때다. 날이 추워 얼음이 얼어 있었다. 자장암에 올라갔다. 통도사 창건주 자장 율사와 금개구리 전설이 있는 곳이다. 그 전설의 금개구리가 바위 구멍에 나와 있지 않은가! 저 멀리 서방 천축 히말라야 스님들이 오셨다고 환영하기 위해서인지, 아니면 천진무구한 청정 노비구의 복력 때문인지 개구리가 그 추운 겨

울에 나와 있었다. 1984년 통도사 선방에서 하안거를 지낼 때 전설 따라 삼천리에나 나올 법한 금개구리 한번 보겠다고 몇 번이나 올라왔으나 번번이 허탕을 쳤는데 노스님들 덕분에 나도 그 금개구리를 볼 수 있었다.

경주 불국사 경내다. 자판기 커피를 한 잔씩 빼드릴 때였다. 한 노스님 왈,

"이 안에 누가 들었냐?"

실컷 웃었다. 배가 아프도록 웃었다. 전기도 없는 곳에서 평생을 사신 분이라 자판기에서 커피가 나오는 것을 상상도 못할 밖에. 장난기가 동했다. 생색을 내며,

"잘 보세요. 여기 동전을 넣으면 이 안에 두 사람이 들어 앉아 있다가 한 사람은 돈 받고, 다른 한 사람은 얼른 커피를 만들어 밑으로 내려줍니다. 이렇게. 자 보세요. 동전 넣고, 나오는 곳을 잘 보세요. 사람 손이 잽싸게 나왔다 들어갑니다."

동전을 넣고 커피가 조르르 나오는 것을 아무리 자세히 보아도 그 안에서 손이 나왔다 들어갈 리 만무하다. 두어 잔을 뽑자 농담이라는 걸 눈치 채신다. 지금도 그때 이야기를 할 때마다 모두 박장대소한다.

경험 삼아 자가용, 지하철, 배, 고속버스 등을 모두 태워드렸다. 동대구역에서 서울까지 KTX 열차를 탔다.

"지금 우리가 갈 곳의 거리는 라닥 레에서 스리나가르까지 거리인데 몇 시간이나 걸리겠습니까?"

그 구간은 약 4백 킬로미터로 꼭 1박 2일이 걸리는 거리다. 고개도 많고 길도 구절양장(九折羊腸)이다. 가만히 생각해보시더니,

"한국에서는 뭐든 빠르지……."

당신들끼리 뭐라뭐라 상의하더니 여섯 시간이면 충분히 갈 수 있겠다고 합의를 보신 모양이다. 시치미를 뚝 떼고,

"아니, 어찌 아셨어요?"

다들 대충은 맞추셨다는 자랑스러운 표정들, 그냥 탔다. 한 시간 반쯤 지나서,

"스님들 내립시다. 다 왔네요."

"아니, 아직 네 시간은 더 가야 하는데."

전국을 빙 돌고 두 번째로 서울에 왔을 때 일부러 고층 아파트에 사시는 신도님 댁에서 머물렀다. 모두 넋을 잃고 창가로 몰려들었다.

우리 절 송광사에서 시작해 해인사, 동화사, 불국사, 범어사, 통도사 등을 참배 겸 돌다 보니 꿈 같던 40여 일이 훌쩍 지나가버렸다.

계속 밥만 드셨기에 한번은 일부러 분식집에 모시고 갔다. 칼국수를 주문하며 주방에 미리 멸치나 해산물이 들어가지 않게 해달라고 부탁했다. 라닥에서 물고기는 금기 식품이다. 식사 중에 한 스님이 계면쩍게 웃으셨다. 나를 보며 조용히 이르시길,

송광사 경내를 참배하는 라다 스님들.

"여기 내 그릇에서 벌레가 두 마리나 나왔다."

새우 두 마리를 보여주신다. 생전 처음 보는 조그만 새우를 벌레라신다. 얼른 주워 먹으며,

"이건 먹는 벌레다."

멍하신 표정이었다.

돌아갈 준비를 할 때, 선물을 사서 드리고 싶다며 원하시는 것을 여쭈었더니 고무장갑과 때수건을 말씀하신다. 혹독한 겨울을 넘겨야 하는 곳에서 사시다 보니 고무장갑이 그리 좋았나 보다. 어디서나 볼 수 있는 흔해 빠진 때수건이었지만 돌아가면 꼭 가족들과 다른 스님들에게 선물하고 싶으시단다. 결국 남대문시장에 나가서 고무장갑과 때수건을 산더미처럼 샀다.

마지막으로 공항이다. 배웅 나온 여러 신도님들에게 고맙다는 말씀을 하시던 한 노스님이 그냥 울어버리신다. 70을 넘기신 노스님들이 헤어지면서 울다니! 그 모습을 보던 신도님들도 눈물을 글썽였다.

이듬해 라닥에 들어가니 꼬레아 다녀온 이야기를 얼마나 하셨던지, 어디를 가도 꼬레아 이야기다. 본의 아니게 더더욱 티가 나는 꼬레아 스님이 되어버렸다. 사미승 학교의 교장으로 계신 한 노스님은 3년이 넘도록 여권이 나오지 않아 함께 하지 못했다. 너무 아쉬워하셨다. 여권이 만들어지면 훗날 꼭 비행기 한 번 태워드려야겠

다. 당신 원을 푸실 수 있게.

여전히 그 오지 노스님들에게 무언가를 해드릴 수 있다는 게 고맙고 고마울 따름이다. 다른 노스님들에게 자판기 안에서 나왔다 들어가는 손을 자세히 보라고 놓칠 생각을 하니 벌써 우습다.

인도 촌놈의 첫 유럽

요즘 젊은 여행자들은 알 길이 없지만 이란-이라크 전쟁 전까지만 해도 매주 뭄바이에서 로마까지 대륙 횡단 버스가 다녔다. 파키스탄, 이란, 터키, 불가리아, 옛 유고 등을 거쳐 이탈리아 로마까지 운행되던 버스였다.

얼마나 신바람 나는 여행이었을까. 뭄바이에서 로마까지 쭉 버스로 가다니! 정말 멋진, 동서양을 잇는 육로 여행길이 아닌가. 그 육로를 요즘도 여러 젊은이들이 오가는데 어떤 여행자들은 아예 자전거나 오토바이로 이 길을 주파한다. 예사 배포가 아니다. 생각할수록 그 대륙 횡단 버스가 없어진 게 아쉽기만 하다.

인도에 오래 살다 보니 유럽 곳곳에 친구들이 생겼다. 꼭 한번 놀러오라는 이야기를 여러 차례 들었다.

"언제 한번 찾아가마."

벼르고 벼르다 2007년 봄, '인도 20년 공부 기념'이란 핑계를 대고 친구들에게 연락을 취했다.

"곧 가마!"

막상 가려고 하니 막막하기만 했다. 3천여 년의 역사를 가진 유럽 어디에서 무엇을 보고 무엇을 배워야 할지. 그러다가 '기독교 2천 년 역사의 확인'이라고 여행 목적을 정했다. 즉 기독교 성지순례로 잡은 것이다. 아마도 달라이 라마 존자님께서, '다른 종교를 알기 위해서는 그 종교의 성지를 찾아가보는 게 좋다. 꼭 자기 종교의 성지순례만 할 것이 아니라 타 종교의 성지를 찾아가보라'고 말씀하셨던 게 영향을 끼쳤나 보다.

일단 영국의 런던을 중간 경유지로 삼았다. 다른 생각은 없었다. 인도에서 제일 싸게 갈 수 있는 유럽의 도시였으니까. 몇 군데 공원과 옛 성당들을 둘러보면서, 입장료를 10파운드씩이나 받는 것에 놀랐다. 살인적인 물가였다.

'우리 돈 2만 원이나 받다니! 인도 돈 1천 루피라니, 내 한 달 부식비인데.'

곧장 유럽 대륙으로 출발했다. 런던에서 파리로 가는 도버해협의 수중 지하터널은 깜깜한 지하도를 금방 빠져 나온 느낌뿐이었다. 허망했다. 촌놈의 엉뚱한 생각, 온갖 물고기들이 유유히 헤엄치는 수중 동굴을 지나갈 것이라 야무지게 믿고 있었으니.

파리에서 이틀만 묵고 갈 길 간다고 했더니, 송광사 파리포교원에 계신 분들이 파리에는 박물관이며 성당 등 볼 것이 많은데 왜 그리 서두르느냐고 물으셨다. 어차피 다시 돌아올 곳이고 일정이 빡빡했다. 첫눈에 띈 에펠탑, 노트르담성당 등 몇 군데만 잠깐씩 둘러보고 걸망을 쌌다.

순례의 첫 번째 목적지는 루르드로, 150여 년 전에 한 목동이 성모님을 현시(顯示)했다는 곳이다. 몇 년 전 라닥의 오지 잔스카에서 알게 된 프랑스 노부부가 피레네 산맥의 경치가 좋다며 자기들이 살고 있는 루르드로 꼭 한번 찾아오라고 권한 적이 있었다.

말로만 듣던 테제베(TGV) 고속 열차를 타자 인도의 열차에 익숙해서인지 할 말을 잃었다. 그 먼 거리를 순간 이동하듯 달려 초 단위로 도착하는 정확함이란!

요즘은 많이 나아졌지만 이곳 인도 땅에서는 정시에 도착하는 열차는 상상할 수 없다. 한번은 파탄코트에서 바라나시까지 간 적이 있었다. 1천 킬로미터가 조금 넘는 길이었다. 보통 1박 2일이 걸리는 길인데 열차가 계속 연착하여 약속시간을 지킬 수 없어 걱정이

되었다. 안절부절못하는 나를 보며 옆자리의 인도인 승객 왈,

"그렇게 중요한 일이라면 당신 잘못이오. 왜 오늘 갑니까? 어제 갔어야지요!"

속으로는,

'에라 이……. 어제 출발했어도 지금처럼 연착했다간 내일도 도착 못하겠다.'

유럽에서는 그놈의 정시 출발, 정시 도착 때문에 항상 긴장이 되었다. 여기 인도에서야 '좀 늦으면 어때리, 내일 가면 어때리' 하고 여유를 부릴 수 있지만 유럽에서는 한 시간만 어긋나도 모든 일이 줄줄이 어긋나버릴 것이다.

편지를 주고받던 노부부를 막상 프랑스 땅에서 만나니 너무 반가웠다. 별 볼 일 없는 인도 촌놈이 칙사 대접을 받아 좀 미안할 지경이었다.

그러나 정작 루르드 시내에서는 실망이 컸다. 기적을 바라며 끝도 없이 밀려드는 성당 주위의 휠체어 부대, 소원을 빌기 위해 밝혀둔 커다란 촛불들이 인도 보드가야의 끝없는 버터램프와 어찌 그리 닮았는지. 각자 소원을 빌며 촛불을 켰을 테지만 구복신앙이라는 종교의 한 단면을 보는 것 같아 씁쓸했다.

남는 시간에 노부부의 배려로 피레네 산맥 주위의 멋진 경치를 구경했다. 지천에 피어 있던 수선화가 인상적이었다.

"9월쯤에 와서 한 달 정도 머물러야 피레네 산맥의 진짜 아름다움을 알 수 있다. 그때 다시 한 번 와라."

산골마을의 좋은 터에는 꼭 옛날 성당이나 조그만 기도소가 있었는데 모두 텅텅 비어 있었다.

"여기 하나 주면 잘 관리하며 공부하겠다."

"언제라도 와서 살아라."

아쉽다. 그 좋은 터가 놀고 있다니.

아쉬움을 뒤로 하고 찾아간 다음 목적지는 포르투갈의 파티마. 밤새 기차를 타고 스페인을 통과하여 이튿날 그곳에 들어갔다. 그냥 성지 확인 정도의 차원이었다. 각국에서 몰려든 순례객들이 곳곳의 별당에서 자기 나라 언어로 미사를 올리고 있었다. 필리핀에서 온 사람들과 이야기를 나누었는데 불교 출가자가 방문한 것에 놀라는 눈치였다.

리스본에 가서 유럽의 땅끝을 보고는 스페인의 산티아고 드 꼼뽀스텔라의 성당에 갔다. 이곳에선 몇 백 킬로는 걸어야 진정한 순례의 맛을 음미할 수 있다. 기회가 되면 프랑스에서 시작되는 40여 일, 800킬로미터 코스를 한번 걸어보고 싶었다.

스위스 제네바에서는 다람살라에서 만났던 한 불자 할머니의 아파트에서 머물렀다. 외교관이었던 남편을 따라 중국과 일본에서 10년 남짓 살면서 자연스레 불자가 되었다고 하신다. 할머니는 그

스페인 국경 피레네 산맥의 한 산골마을. 수선화가 지천에 피어 있다.

후 남편과 이혼하고 남미와 호주에 사는 두 딸과도 멀리 떨어져 제네바의 커다란 호화 아파트에서 혼자 지내신다. 찾아오는 사람이라고는 일주일에 두 번 청소해주러 오는 파출부 아가씨가 전부라고.

"며칠만 더 지내다 가세요."

아침저녁을 손수 차려주시며 며칠만 더 있다 가라고 내 손을 붙잡으신다. 일정은 빠듯했지만 나 몰라라 하고 그냥 떠날 수 없었다. 하루 정도만 신세를 지려고 했는데 결국은 사흘을 묵었다. 취리히까지 따라 나오셨는데 가는 길까지 조금 더 함께 있고 싶다고 하셨다.

이후 여행 중 노인들이 개 한 마리를 끌고 공원을 오가는 모습을 종종 보았다. 그 할머니 생각이 나서 그런지, 여유롭고 행복한 노후를 보내는 모습으로 보이지 않았다. 인간에게 물질적인 삶의 풍요는 때로 존재적, 정신적 소외를 불러온다는 생각을 해보았다.

마침내 로마다. 역시 로마다. 상상했던 대로 2천년 넘는 역사의 유적과 함께한 로마, 첫눈에 들어온 콜로세움과 바티칸을 어찌 빼놓을 수 있겠는가. 바티칸 성당 안에 들어가니 깊은 생각이 든다. 정말 호화찬란하다.

'행복하여라, 마음이 가난한 사람들…….'

저 호화로운 성당에서 어찌 이 말을 지킬 수 있을까. 문득 그런 생각이 스쳐 지나갔다. 예수님께서 저 호화스런 집에서 한 번이나마 묵었을까. 한국에서 법문할 기회가 있을 때마다 오르내리는 법좌를 보면 마냥 부끄럽다.

'부처님이 이런 호화스런 자리에 앉아 법문을 하였을까.'

한국에서 오신 한 신부님의 배려로 유서 깊은 수도원에서 묵으며 평소 궁금했던 장소들을 돌아볼 수 있었다. 그 중 한나절은 어느 큰 성당에서 열린 수녀님들의 종신서원식에 참석하는 영광을 얻기도 했다. 서원식 도중 페루인지 볼리비아에서 온 까무잡잡한 수녀님이 자기 차례가 돼서 서원을 낭독하다 그냥 울어버렸다. 이야기를 들어보니 자기 고향에 정치적 소요가 일어났는데 가족들 생사를 몰라 슬픔이 북받쳐서 울었다는 것이다. 망명 티베트인들의 비애가 떠올랐다.

그 예식 때 제일 앞자리에 좌석을 마련해준 주최 측의 최고 어르신이신 집전 주교님이 인사를 건네셨다.

"참석해주셔서 고맙습니다."

성직자인 우리부터 종교의 틀, 아집, 편견, 배타적인 이기심 등을 넘어설 때 종교 간의 공존과 평화가 있을 것이다. 그러므로 서로를 이해하기 위한 대화가 필요하다는 생각이 지금까지도 이어지고 있다.

로마의 수도원에서 머무른 지 사흘째 되던 날, 아침식사가 끝나자 수도원장님께서 인사를 청하러 오셨다.

"죄송하게 되었습니다. 오늘 모로코에서 열리는 회의에 참석하러 가야 합니다. 다음에 기회가 되시면 언제든지 다시 오셔서 머무시기 바랍니다. 남은 기간 동안 좋은 시간 되시길 바랍니다."

뜻밖이었다. 고마웠다. 나 같은 인도 촌놈에게 이런 세심한 배려를 해주시다니.

한국에서 공부하러 나오신 신부님과 수녀님들께서 번갈아 안내를 해주셔서 성 바오로의 순교 기념 성당이며 사막의 성자 샤를르드 후꼬 신부님의 유물과 유골을 모신 수녀원(당시 수도원이 건립되지 않아서 가까운 수녀원에 모셔둔 것이 지금까지 이어져오고 있다고 한다) 등 뜻밖의 곳들도 참배할 수 있는 너무나 큰 행운을 누렸다.

다음은 드디어 아씨시. 이곳은 학창 시절부터 언젠가는 와보리라 벼르고 벼르던, 성 프란시스코의 생애와 당신의 영성이 배어 있는 곳이다. 그 얼마나 이곳을 상상하며 마음속으로 그려봤던가. 개인적으로 성 프란시스코는 예수 이후 가장 예수를 닮고자 노력하며 사신 분이라고 생각한다. 우리 불교에서 용수 보살님을 가우타마 부처님 이후 제2의 부처로 모시듯, 프란시스코 성인은 제2의 예수라 부르고 싶다. 역시 이곳에서도 수도원에 사흘이나 묵을 수 있는 영광의 행운을 누렸다.

아씨시에서 맞이했던 첫날 밤이 지금도 생생하다. 출가하여 처음

으로 천축 땅에 발을 내딛고, 부다가야 정각 터에 첫발을 디뎠을 때
의 설렘이 그랬었다. 도무지 잠이 오지 않았다. 창 너머 저쪽 나지
막한 언덕 위로 성자의 유골을 모신 기념성당이 보인다. 비가 오는
날이어서 수도원에 가자마자 진한 에스프레소 커피를 마신 탓인가,
잠이 오지 않는다.

그러다가 엉뚱하게 터져 나온 생각이 생각에 꼬리를 문다. 내가
만약 출가를 안 하고 신학교 과정을 마친 뒤 신부가 됐다면, 하는 별
의별 생각이 이어진다. 신부가 됐다면 이 늦은 나이에 여기를 찾아
왔을까. 지금의 이런 격렬한 감동이 생겼을까. 어쩌면 출가했기에
프란시스코 성인에 대한 애정과 존경의 마음이 더욱 진해진 것이
아닐까. 만약 신부로 살았다면 어떤 모습의 삶이었을까.

절집에 들어가서 제일 먼저 배운 게 청빈, 청정, 하심(下心)이었
다. 가난하며 맑게 살고 겸손 속에서 실천하는 수행은 저절로 성도
의 길, 깨달음의 길에 이르게 한다는 가르침이었다. 사실 이 가르침
은 출가 전부터 배워 몸에 익히고 있던 거룩한 말씀이기도 했다. 천
주교에서 수도자의 삼덕이란 청빈, 순결, 순명을 일컫는다. 청빈은
무소유의 가난이며, 순결은 청정함이고, 순명은 하심인 것이다.

그런데 나는 지금 수도자로서 이 세 가지 명제를 제대로 갖추고
있는가. 신부가 됐다면 이 세 가지 덕을 갖추었을까. 참으로 생각만
깊어갔다. 적극적인 수행길, 강도 높은 수도자의 삶을 바라고 내린

바티칸의 성베드로 성당 앞 광장에서.

용단이 출가 구도자의 길이 아니었던가.

청빈, 순결, 순명이 불교에서 말하는 무소유, 청정, 하심으로 이어지며 생각이 깊어진다. 나는 아직도 수도자 삼덕에서 멀리 떨어진 길 위에 있음을 알아차린다. 얼추 가진 것도 적지 않은 듯하고, 그리 맑은 삶도 아니며, 겸손이 아닌 아만(我慢)이 큰 게 사실이다. 그러니 출가 수행길에 걸림돌이 많은 힘없는 수행자이자, 겨우 흉내나 내는 수도자일 뿐이다.

신부로 남았다면, 하고 생각을 바꿔본다. 어쩌면 지금의 내 살림인 불제자의 영성은 더욱 갖추지 못하고 살아갔을 것이라는 생각이 크다. 배부르고 따뜻한 생활 속에서 자신도 알아차리지 못하는 사이 권위의 틀에 갇혀 공장에서 찍어내는 똑같은 생산품의 하나 같은 모습으로 남기 쉬웠을 것이다.

별의별 생각이 오가며 지금의 내적인 삶, 기독교에서 말하는 영성의 무게를 재어보다 끝내 잠을 설쳤던 첫날 밤이다.

아씨시만 보면 된다고 생각했는데, 열차와 버스를 갈아타고 라베르나라는 산중 시골까지 가게 되었다. 바로 프란시스코 성인께서 선종(善終)하시기 전에 오상(五傷)을 받은 곳, 즉 그리스도의 십자가 고통을 함께 체험했다는 중요한 성지다. 그곳 수도원에서 하룻밤을 묵었다. 마침 사순절 기간이라 매일 예식이 있었다. 참석을 허락받아 검정 수도복 안에 회색 승복을 입고 수도원 회랑(回廊)을 신부님들과 함께 거닐었다.

다른 여러 성지들을 돌아보고 파리로 돌아왔는데, 뜻하지 않은 법문을 하게 되었다. 베를린이나 부다페스트에서는 영어로 법문하면 누군가가 독일어나 헝가리어로 통역해주었는데, 파리에서는 한국의 불자들을 대상으로 우리말로 법문을 했다.

법문 내용이야 간단했다. 공성에 근거한 사성제, 팔정도, 십이연기의 내용은 서로 다른 게 아니라 모두 우리의 몸과 마음을 정화하는 수행의 일환이니 근기에 맞게 자기 심지를 살펴보고 복업을 쌓으라는 게 요지였다. 법회가 끝나도 불자들이 온종일 시간을 함께 보내는 등 관심을 가져주어 내심 고맙고 기뻤다. 전혀 계획에 없던 법회였기에 열차 표까지 취소해야 했다.

이제 마지막으로 런던이다. 인도로 돌아갈 준비를 하다 예정에 없던 법문을 또 하게 되었다. 항상 같은 내용이지만 아마도 부처님의 고향인 인도에 사는 한국 스님이라는 게, 달라이 라마 존자님 곁에 붙어 산다는 게 신기해 보였나 보다.

그렇게 해서 인도 촌놈의 유럽 여행은 끝났다.

인도로 돌아왔을 때의 편안함이란.

'아 이제는 긴장 안 해도 좀 살겠구나.'

돌이켜 생각해보니 그 옛날 초등학교 시절의 서울 수학여행처럼 뿌듯한 여행이었다. 비록 "너 유럽 가봤어" 하고 자랑할 사람은 없지만. 훗날 다시 갈 기회가 있다면 그리스를 빙 둘러보고, 피레네 산맥도 종주하고 까미노 길 8백 킬로미터도 걷고 싶다. 그럴 기회가 있을까.

정말이지 이 인도 촌놈 하나를 위해서 각 나라에서 아까운 시간을 할애해준 여러 은인들에게 감사할 따름이다. 도움을 주신 분들에게 어떻게 보답해야 할지, 큰 빚으로 여긴다. 특히 로마에서 도와주셨던 한국의 신부님과 수녀님들에게 큰 고마움을 전한다.

히말라야 산중으로 한번 오시면 좋을 터인데…….

윤 신부님의 선종

여러 종교에는 출가자(出家者)가 있다. 불교뿐만 아니라 가톨릭, 원불교 등 다른 종교에도 있다. 여기서 말하는 출가자란 독신 수행자를 일컫는다. 불교의 비구, 비구니나 가톨릭의 신부님, 수녀님 그리고 원불교의 정남, 정녀님들이 이런 출가자다. 아무 생각 없이 혹은 깊은 자기 통찰 없이 쉽게 출가자가 되지는 않았으리라. '인생을 어찌 살 것인가' 하는 뼈아픈 고뇌와 커다란 용단 없이 세속의 욕망을 등지기란 쉬운 일이 아니다.

그저 옷만 걸친 출가자라면 막말로 이 시대의 막가는 종교가 판을 치게 만든 주범이다. 이런 출가자가 청빈한 생활 속에서 청정한 마음으로 남을 배려하고 봉사할 수 없음은 너무나 당연하다. 하물 며 거룩한 영성의 깊은 침묵을 어찌 바랄 수 있을까.

어찌 보면 이 못난 인도 촌놈은 두 번 출가한 셈이다. 1972년 유 신 선포 때 사회에 대한 자각으로 다니던 학교를 그만두고, 바로 성 직자의 길을 택한 게 첫 번째 출가였다. 물론 큰 용단이 따랐다. 당 시 내가 다니던 대학은 졸업하면 곧바로 교사로 임용되었을 뿐만 아니라 '군 면제'라는 특혜도 받을 수 있는 곳이었다.

'그까짓 군대 3년' 하며 신학대학에 갔다. 제대한 뒤 복학했지만 인생의 그 무엇을 찾고자 했던 근본적 의문은 여전히 풀리지 않았 다. 결코 가톨릭의 교리나 제도가 싫어서가 아니었다. 불교적 표현 을 쓰자면, 전생 업력을 벗어날 수가 없었던 것이다. 결국 스스로 길 을 선택한 게 두 번째의 입산 출가였다.

또다시 다니던 학교를 포기하고 출가하기란 쉬운 일이 아니었다. 밤새 잠을 이루지 못한 것은 당연했다. 번민에 싸여 학교 선배나 동 기 등 주변의 지인들에게 당시의 고민을 솔직하게 털어놓았다. 거 의 모두가 '제정신이 박힌 놈이냐'는 식의 반응을 보였다. 좀 심한 말도 많이 들었다.

그때 진심어린 사랑으로 나를 대해주셨던 분들을 지금도 잊을 수 없다. 한 분은 개인 영성 지도 신부님이었고, 다른 한 분은 당시 대학원생이었던 윤 선배님이셨다.

나중에 듣자하니 내가 학교를 그만두자마자 비상 교수회의가 열렸다고 한다. 학생이 절에서 두어 달 지내다 다시 돌아올 게 뻔한데 학교에서 다시 받아줄지 말지를 논의하는 자리였다고. 일벌백계, 절대로 다시 받아주어서는 안 된다며 간단하게 끝났다고 들었다.

그런데 아직까지 학교로 다시 돌아가지 않고 있다. 당시 영성 지도 신부님과는 출가 뒤에도 계속 연락하고 지냈다. 어쩌다 한국에 가면 찾아뵙기도 했는데 지난해 노환으로 돌아가셨다고 한다.

그리고 윤 선배님. 키가 얼마나 컸던지, 내 머리통 하나는 더 컸던 선배님을 떠올리면 늘 따뜻하게 웃으시던 모습이 생각난다. 학창시절 시를 잘 지으셨다. 늘 정감이 가던 좋은 의지처였다.

출가 후 행각 철에 한번은 울릉도에 가보고 싶어졌다. 그때까지 섬 구경을 해본 적이 없었다. 포항에서 배를 탔다. 세 시간 정도 지나자 안내방송이 나왔다. 지금부터는 사방이 바다만 보인다는 것이다. 선실 밖으로 나가니 파란 하늘과 파란 바다가 맞닿은 수평선이 보였다. 툭 터진 하늘과 바다 사이에서 맞이하는 그 홀가분한 기분이란. 얼마나 지났을까, 누가 등을 툭 친다. 얼른 뒤돌아보니 신부복 위의 끌레지망만 눈에 들어왔다.

'이 배 위에 알 만한 사람이 탔을 리 없는데, 저 신부님은 아닐 터이고…… 누가 지나가다 밀쳤나.'

그런데 또 누가 등을 툭 쳤다. 이번에는 강도가 예사롭지 않다. 몸을 완전히 돌렸다. 그리고 고개를 들어 위를 쳐다보았다. 어이쿠, 맙소사! 세상에 이럴 수가. 바로 전봇대 같은 윤 선배님이 서 계셨다. 이제 신부님이 되어 정장을 하신 것이다. 학교에서 헤어진 후 처음으로 다시 만난 게 동해바다의 선상이라! 오랜만의 해후도 해후지만, 이렇게 망망대해에서 만날 줄이야. 그냥 웃으며 얼싸안았다. 신부님과 중이 부둥켜안고 웃으니 갑판에 있던 사람들이 신기한 듯 쳐다본다.

"무슨 일로 울릉도까지?"

"그냥. 선방 한 철 마치고 구경 가는 길입니다."

"나는 지금 울릉도 성당에 주임 신부로 발령받아서 가는 길인데."

울릉도에 도착한 뒤엔 먹고 잘 절이나 여관 등 숙소와 식당을 따로 찾을 필요가 없었다. 윤 신부님과 함께 머물렀으니까. 가톨릭 전통에서는 신부님이 본당으로 발령받아 가면 맨 먼저 공소 순회를 한다. 그 당시 제대로 된 찻길이 없던 때라 신도 분들이 본당의 새 신부님을 맞이하기 위해서 따로 발동선을 준비해두었다. 함께 울릉도를 빙 돌며 구경다운 구경을 했다. 여러모로 흥이 날 수밖에.

새 신부님의 첫 순회라 신도 분들이 대접한다고 가는 곳마다 진수성찬을 차려주셨다. 끼니때마다 우리 절집의 풀밭이 아닌 울릉도 특산 먹거리가 넘쳐났다. 살판났다. 죄다 내가 집어먹는 꼴이었다.

한 공소에서다. 그곳도 역시 진수성찬, 윤 신부님과 상을 가운데 두고 마주앉았다. (당시 신부님은 독상으로 식사할 때라 알고 있다.) 그때 한 신도가 좀 불만스러웠는지 조심스러운 말투로 여쭈었다.

"저 신부니임. 저 시님이 누군디, 이렇게 신부님과 함께 진지를 잡숴도 되나요?"

나올 만한 질문이었다. 신도인 그분 입장에서는 주임 신부님이 생판 모르는 삭발 승려와 겸상을 한다는 게 상상하기 어려웠을 것이다. 그 말을 듣자마자 윤 신부님은 제법 신중하게,

"쉿! 조용히 하세요! 아무 말씀 마시고 맛있는 거 있으면 더 챙겨 오세요. 지금 이 스님이 개종하러 왔거든요."

비로소 신도 분의 얼굴에 미소가 하나 가득 번졌다.

"아이고! 그러시구마니라. 그것도 모르고. 우짜든지 시님! 우리 성당으로 오시기만 하면 모든 것을 저희가 책임질랍니다."

윤 신부님의 공소 순회 덕분에 잘 먹고 잘 지내며 울릉도를 구경할 수 있었다. 어디를 가나 윤 신부님은 이 촌놈부터 챙기셨다. 밤 늦도록 그동안 살아온 내력을 이야기해도 늘 시간이 짧았다. 마지막 날 선착장까지 배웅을 나오시며 육지에서 꼭 다시 만날 것을 다짐했다. 그런데 그것이 마지막이 될 줄이야!

인도에 와서 그리 오래지 않았을 때 윤 신부님의 선종 소식을 들었다. 항상 건강하시던 신부님이 이렇게 빨리 떠나시다니, 애석함

을 달랠 수 없었다.

그러다가 지난번 로마의 한 수도원에서 윤 신부님의 선종 내막에 대해 자세히 알게 되었다. 공교롭게도 로마에서 만나 도움을 받은 한국인 신부님이 바로 윤 신부님이 울릉도에 계실 때 본당 미사에서 복사를 보던 소년이었던 것이다. 윤 신부님의 영향이었는지 나중에 신부님이 되었다고 한다. 세상이 이렇게 좁을 수가. 이런저런 이야기를 나누던 중에 윤 신부님의 선종 이야기가 나왔다.

아직 한중수교 전, 윤 신부님이 중국 깐수성 난조우에서 밤길을 걸어가는데 자동차가 와서 치고 도망갔다고 한다. 한마디로 억지 죽음이었다. 여러모로 중국 공산당의 암살 티가 난다.

학창 시절 밤늦도록 이야기를 나눌 때마다 윤 신부님은 항상 인간의 영성에 관심을 보이셨다. 당신 삶이 영성 자체였다. 그래서 한국의 여러 본당 일을 보시다가 대만에 건너가 공부를 마치고 한국으로 돌아가시던 길에 중국에서 일을 당하셨다고. 개방 전 중국의 분위기로 보자면 대만에서 바로 건너온 윤 신부님 같은 '서구제국주의 앞잡이'는 그냥 처단해 없애버려도 아무 문제가 되지 않았으리라. 충분히 설득력 있는 이야기다. 그리 짐작하게 된 이유는 이곳에 살면서 티베트 본토에서 벌인 중국 공산당의 만행을 하도 많이 들어왔기 때문이다.

요즘도 중국 큰 절의 주요 직책은 공산당원 승려들이 차지하고 있다. 어쩌다 중국 절에 가보면 막말로 삭두 물도 안 마른 젊은 승려들이 최고책임자라며 폼 잡고 나타난다. 칼자루 쥔 놈들이 시키는 대로 해야 하는 게 중국불교인데 티베트 본토 쪽도 마찬가지다. 적어도 티베트불교만큼은 환생제도로 유지돼왔는데 이제는 그게 아니다. 린뽀체도 공산당이 임명한다. 어디 그게 임명될 자리인가. 임명받은 놈은 좋아라 하고 그 자리에 앉았으니 어떤 수행이나 공부가 될 리 없다. 몇 년 전에는 한 이름 있는 린뽀체가 자신의 라이벌인 다른 린뽀체를 칼로 찔러 죽이는 사건까지 벌어졌다. 그 자리가 그렇게 권력과 결탁할 자리인가.

중국 내에서도 바른 종교의 전통이 되살아나야 한다. 요즘 한창 문화혁명 때 때려 부수었던 절들을 다시 짓고 있다. 겉은 휘황찬란하게 꾸며져 있지만 속은 텅 비어 있으니 씁쓸할 뿐이다. 진리인 법을 속이는 것은 곧 하늘인 민중을 속이는 것이다. 결과는 뻔하다. 스스로 망한다.

생각할수록 윤 신부님의 죽음이 너무 억울하다.

맑은 종교, 푸른 종교인

어쩌다 한번 한국에 들어가면 나도 사람이라고 TV나 신문사, 잡지사에서 인터뷰 요청을 해온다. 이유를 달아서 대부분 점잖게 거절하는데 한번은 유력 일간지 기자가 찾아왔다.

사람 됨됨이가 있어 보여 긴 이야기를 나누었다. 내 견해를 글로 써주면 자기네 신문에 게재하겠다고 하여 써준 적이 있었다. 며칠후 무슨 무슨 면에 넬 거라며 졸고를 가져갔다. 2005년 12월 말경이었는데 인도에 다시 들어올 준비로 부산할 때였다. 약속한 날짜에 게재되지 않더니 며칠 후, 발행 전날 데스크에서 짤리게 되었다며 죄송하다는 전화가 걸려왔다. 그때 '짤린' 글을 여기 다시 써본다.

이 거칠고 험한 세상에 타락해가는 종교의 여러 행태들을 보고 있자면, 출가자의 한 명으로서 부끄럽기 그지없다. 역사적으로 종교가 타락한 시대에 나타나는 현상은, 무엇보다 먼저 자칭 성직자라고 하는 자들이 종교 건물, 즉 사원이나 신전을 크게 짓기 시작한다는 것이다. 이것은 우리 인류 역사에서 반복되어온 모습이다.

지금까지 20여 년 동안 한국을 떠나 있으면서 가끔씩 다녀가긴 했지만, 그때마다 바삐 인도로 돌아가느라 주위를 살펴볼 겨를이 없었다. 이번에는 그나마 여유가 생겨 곳곳을 돌아볼 수 있었다. 대도시가 커가는 모습과 반비례하여 황폐해가는 농촌의 모습은 한국의 암담한 미래를 보는 것 같아 참담한 느낌이 들었다. 나라의 기둥이었던 농촌이 점점 더 피폐해지고, 더욱 커진 도시는 겉보기에 풍요로운 듯해도 정작 도시인들의 지치고 짜증스런 모습, 힘든 얼굴들만 눈에 띄었다. 내가 사는 인도의 가난한 사람들이나, 피난 나온 티베트인들에게서 흔히 볼 수 있는 소박하고 여유롭고 밝은 모습을 찾아볼 수 없었다. 세계에서 몇 번째라는 천문학적 수출 실적이나 이에 비례한 물질적 풍요로움 속에서 왜 밝고 부드러운 웃음을 찾아볼 수 없는 것일까?

며칠 전 평생 처음으로 종합검진을 받기 위해 새벽에 지하철을 타고 성남의 한 병원을 찾아가던 길이었다. 이른 아침이라 승객들이 모두 자리에 앉아 있는데 하나같이 졸거나 신문을 들추고 있었다. 어찌 자기 일터인 직장에 가는 사람들이 피곤에 찌든 모습인지, 이해가 되지 않았다. 인도 땅에서는 그런 모습을 볼 수 없다. 나라를 빼앗긴 망명 티베트인도 그처럼 피곤한 얼굴을 하고 다니지 않는다.

새삼 '이 땅에서 종교의 역할은 무엇인가?'라는 문제에 대해 고민하게 된다.

사원과 신전만 커지면 저절로 자비와 사랑의 실천이 이루어지는가? 꼭 이 연말에 이벤트성 이웃돕기를 해야만 종교가 빛나는 법인가? 연말연시나 설날, 추석에만 호들갑을 떨며 이웃돕기를 해야 하는가? 아니다! 외려 이런 연말연시의 이웃돕기란 TV나 방송매체에서 벌이는 가식이 되기 쉽다. 평상시에 그런 따뜻한 도움의 손길을 보내는 자비를 실천해야 한다. 깊이 생각해보아야 할 일이다.

이 땅에서는 언제부터인지 종교단체들에 의한 연말연시 이웃돕기가 연례행사처럼 치러진다. 어떤 곳에서는 아예 은행구좌까지 알려주면서 이벤트에 참가하라고 독려하기도 한다. 과연 그런 이벤트를, 평소 따뜻한 마음으로 이웃들과 정을 나누자는 취지의 행사라고 할 수 있을까. 개인적 생각이지만 적어도 이웃돕기를 할 때는 그 모습이 보이지 않도록 숨어서 해야 한다고 본다. 부모가 자식에게 하는 헌신처럼, 조건 없는 사랑의 실천이어야 한다.

요즘처럼 드러내놓고 하는 봉사나 대단위 이웃돕기 캠페인 같은 이벤트성 행사들은 우리가 점점 더 각박해진 세상에 살고 있음을 새삼 느끼게 한다. 통탄할 노릇이다. 이런 이벤트를 좋아하는 성직자들의 눈에 가난한 이웃의 모습이 보이기나 할까, 우려스럽다.

자기네 종교 건물을 더욱 크게 짓는 게 당연하다고 여기는 성직자들에게 묻고 싶다. 요즘 같은 열린 세상, 첨단과학이 우주의 신비를 밝히는 시대에 자기 종교만 옳다고 고집하는 이가 다른 종교인들과 무신론자들에게까지 자비와 사랑을 실천할 수 있을까? 자신들의 사원과 신전에 자기가 믿는 부처와 신이 머문다고, 오직 그 안에만 머문다고 여긴다면 큰 오산이다.

거대한 사원과 신전만 자비와 사랑으로 감싸는 부처와 신이라면, 더 이상 부처도 아니고 신도 아니다. 자기 종교의 사원과 신전만 감싸는 것은 자신이 믿고 모시는 부처와 신을 속이고 민중과 진리를 속이는 성직자들의 거짓된 폭력일 뿐이다.

이 시대에 과연 민중보다 가난하고 청빈한 삶을 사는 성직자가 얼마나 있을까. 호화 빌라나 아파트에 살면서 외제 승용차나 굴리고 값나가는 명품 옷을 입는 성직자라면 일단 그 바탕이 의심스럽다. 이런 성직자들은 머지않아 민중으로부터 외면당할 것이다. 민중은 침을 뱉으며 따귀를 때릴 것이다.

1789년 프랑스 대혁명 때 1500여 명의 고위층이 단두대로 끌려간 적이 있었다. 성직자들도 그 무리에 포함되었는데 군중들은 침을 뱉었다고 한다. 이런 역사를 통해서 무엇을 배울 것인가.

단언한다. 오늘날 부패한 성직자들에게도 그런 날이 올 것이다.

성직자의 권위는 다만 성취한 수행을 통해 드러나는 법이다. 그런데 언제부터 성직자의 권위가 사원이나 신전의 크기, 타고 다니는 외제 승용차에 있다고 여겨지게 된 것일까? 올해가 다 가는 이 연말에 같은 성직자의 한 사람으로서 우리나라 종교의 미래를 한탄하며 이 글을 쓴다. 종교가 민중을 속여 부를 쌓는 최고의 상품으로 둔갑한 이때, 소외받고 헐벗은 이웃과 함께하는 신뢰받는 성직자는 정녕 없단 말인가.

부처나 예수를 비롯한 모든 종교의 창시자들은 헐벗고 배고프고 소외받고 고통 받는 병든 이웃에게 도움을 주는 것이 바로 신에게 공헌하고 봉사하는 것이라는 요지의 가르침을 펼쳤다. 이 땅에서 더 이상 부처에게 공양 운운하거나 신에게 봉헌 운운하며 더 큰 사원과 신전을 짓는 일이 없길 바란다. 민중에 대한 자비의 실천, 사랑의 실천을 조건 없이 행하길 바란다.

이 글의 내용 중 어디가 불편했던 것일까? 하긴 요즘에는 성직자들이 공공연히 정치에 가담하거나 자기 당파의 후보를 내세우는 부끄러운, 정말 부끄러운 작태를 보이고 있다. 성스러워야 할 성직자가 개인의 사리사욕을 위해 정치판에 뛰어들다니, 타락한 종교의 마지막 끝을 보는 심정이다. 이보다 더 이상 어떻게 타락할 수 있겠는가.

지난 유신 시대에는 민주화를 위한 성직자들의 노력과 운동이 민중의 희망이었다. 요즘에는 완전히 반대이니, 이런 치욕이 어디 있단 말인가!

단언한다. 곧 민중의 준엄한 심판이 있을 것이다. 민심이 천심이다. 민중이 하늘인 것이다.

나의 종교는 민중입니다

역사적으로 볼 때, 종교가 일단 교조화하기 시작하면 예외 없이 폭력과 억압을 이용해 민중 위에 군림해왔다. 애초에 그 종교를 창시한 성인과 성자들은 민중을 받들어 모셨는데, 시간이 흐를수록 거꾸로 되어버리는 것이다.

그동안 민중이 많이 희생된 전쟁의 이면에는 종교를 빙자한 인류의 어리석음이 항상 존재해왔다. 십자군원정, 거의 천년 동안 계속된 이슬람과 기독교 사이의 온갖 분쟁과 소요, 남북 아메리카 인디언의 무차별 학살 등이 그 예이다.

지금은 어떤가. 오늘날의 종교는 민중을 위로하고 희망을 주고 그들에게 사랑받는 의지처로서 자리매김하고 있는가? 참으로 인류에게 사랑과 자비를 베풀고, 어렵고 힘든 이들과 함께 하며 그들에게 힘이 되어주고 있는가?

오늘날처럼 대놓고 보시나 기부를 주장하는 성인 · 성자들은 애초에 없었다. 어렵고 힘든 사람, 소외받는 사람, 아픈 사람, 힘없는 사람에게 자비와 사랑의 실천을 설했지, 무언가를 요구했던 성인 · 성자는 아무도 없었다.

처음에는 창시자의 가르침을 순수하게 따르던 종교 세력들은 시간이 지날수록 도그마(교리)에 물든다. 그리고 그 종교 세력의 맨 꼭짓점에 있는 성직자들은 바로 자신들이 정련한 도그마를 따르도록 민중들에게 강요한다. 모든 종교의 도그마는 이론일 뿐 시대와 장소를 초월하는 보편적 · 우주적 절대 진리가 아니다. 성인들의 가르침은 상황과 장소, 각 시대에 맞게 유연한 해석을 적용할 때 설득력이 생긴다. 그러니 결코 도그마가 될 수 없는 것이다.

그러나 도그마에 물든 성직자들은 자기 종교 내부에서조차 교파와 파벌이 다르다는 이유로 서로를 죽이는 어처구니없는 일을 벌여왔다. 유구한 역사의 흐름과 더불어 인간의 어리석음도 계속되어왔던 것이다. 이것이 과연 진리, 즉 최고의 인간다운 삶에 대해 가르친다는 종교의 모습이란 말인가.

요즘 세상에는 종교라는 이름으로 민중에게 내세의 행복을 언급하는 경우가 더더욱 늘어난 것 같다. 반면에 나보다 못한 주변 사람들을 돌보는 인간적인 도리에 대해서는 침묵한다. 더 나아가 자기 교단, 사원, 신전에 무언가를 바쳐야 한다는 교리 아닌 교리를 설파하는 데 정력을 쏟는 성직자들이 득세한다. 보시나 기부를 종용하며 성직자 운운하는 당사자들은 자신의 세 치 혀를 이용해 얻어낸 물질을 어떻게 쓰고 있는가? 곳곳에 우뚝 솟아 있는 사원과 신전 수에 비례하여 이 세상은 그만큼 평화로워졌으며, 이 세상 사람들은 그만큼 행복해졌는가? 세상이 평화롭고 세상 사람들이 행복하다면, 어찌 이리도 많은 자살자가 나올 수 있단 말인가. 이 세상에 참으로 불쾌한 일들이 많지만 '타락한 성직자들에게서 풍기는 악취'를 맡는 일보다 더 고약한 일은 없을 것이다.

언제부터인가 사람들을 만나면 꼭 그 눈빛을 본다. 그 순간, 그 사람이 살아온 삶과 현존재가 보인다. 눈빛의 마주침에서 감동이 오고, 그에 따라 서로에 대한 이해가 온다.

출가 후 조금씩 철이 들수록 체험하게 되는 것은, 종교는 항상 민중 속에 있을 때만 그것을 가르쳤던 성인, 성자들의 가르침을 지킬 수 있다는 사실이다. 성직자라면 당연히 지금 바로 여기에서 민중과 함께 하고 민중을 위하는 바른 실천을 해야 한다.

수행자로서 이번 생, 민중과 함께 하며 민중을 위하는 삶이라면 그 어디라도 달려갈 것이다. 외면하지 않고 함께 갈 것이다. 그래서, 끝까지 나의 종교는 민중이다.

민중이 바로 나의 종교이다.

나는 걷는다 붓다와 함께

초판 1쇄 발행 2010년 1월 22일
초판 4쇄 발행 2010년 3월 5일

지은이 청전 스님
펴낸이 이기섭
편집주간 김수영
기획편집 김윤희
마케팅 조재성, 성기준, 한성진
관리 김미란, 한아름

펴낸곳 한겨레출판(주)
등록 2006년 1월 4일 제313-2006-00003호
주소 121-750 서울시 마포구 공덕동 116-25 한겨레신문사 4층
전화 마케팅 02-6383-1602~3, 기획편집 02-6383-1607~9
팩스 02-6383-1610
홈페이지 www.hanibook.co.kr
이메일 book@hanibook.co.kr

＊값은 표지에 있습니다.
＊파본이나 잘못된 책은 서점에서 교환하여 드립니다.

ISBN 978-89-8431-373-6 03810